UMA GARÇA NO ASFALTO

Coleção Gente Pobre (narrativas):

1. INVENÇÃO DE ONIRA
   Sant'Ana Pereira

2. A MULHER, O HOMEM E O CÃO
   Nicodemos Sena

3. DEUS DE CAIM
   Ricardo Guilherme Dicke

4. O SAL DA TERRA
   Caio Porfírio Carneiro

5. GENTE POBRE
   Fiodor Dostoievski

6. A MALDIÇÃO DE ONDINA
   António Cabrita

7. SELVA TRÁGICA
   Hernâni Donato

8. DIÁRIO DE UM MÉDICO LOUCO
   Edson Amâncio

9. OS VENTOS GEMEDORES
   Cyro de Mattos

Próximos lançamentos:

SOMBRAS SOBRE A TERRA
Francisco "Paco" Espinola

OS VIRA-LATAS DA MADRUGADA
Adelto Gonçalves

CAVALOS SELVAGENS
Silas Corrêa Leite

POEIRA E ESCURIDÃO
João Batista de Andrade

SIM SINHOR, INHOR SIM, POIS NÃO...
Antonio Possidonio Sampaio

O TRIBUNAL
Álvaro Alves de Faria

Claude Arcanjo

UMA GARÇA NO ASFALTO

Crônica

LetraSelvagem

Grafia atualizada segundo o Acordo Ortográfico da Língua Portuguesa de 1990, que entrou em vigor no Brasil em 2009.

Direitos desta edição reservados à
Associação Cultural LetraSelvagem:
Praça Santa Cruz da Exaltação, 21 - Jd. Maria Augusta -
Taubaté-SP/Brasil - CEP 12.080-540. Telefone: (55) (12) 3635-3769.
E-mail: letraselvagem@letraselvagem.com.br
Sítio: www.letraselvagem.com.br

Diagramação: Cesar Neves Filho
Capa: James Cabral Valdana
Gravura da Capa: Detalhe do quadro "O banho" (Edgar Degas)
Preparação de texto e revisão: N. Sena

O logotipo LetraSelvagem foi idealizado a partir de cerâmica Aruak, padrões utilizados nas bordas dos vasos, compilados por Koch-Grunberg em 1910.

Coleção Boca de Luar
Organizador: Nicodemos Sena

Dados Internacionais de Catalogação na Publicação (CIP)
(LetraSelvagem, Taubaté, SP, Brasil)

Arcanjo, Clauder, 1963 -
Uma garça no asfalto / Clauder Arcanjo. —
Taubaté, SP: LetraSelvagem, 2014.
176 p.
1000 exemplares

ISBN 978-85-61123-13-0

1. Literatura Brasileira — Crônica
I. Título. CDD — B869.8

Coleção Boca de Luar
VOL. 1

SUMÁRIO

Ao mestre Renard Perez

"escrevo então com o bico da garça
procurando um peixe que não sei"

ADEMIR DEMARCHI
em *Pirão de Sereia*

UMA GARÇA NO ASFALTO

Tributo a uma mãe desconhecida

Algumas semanas atrás, viajava de carro em direção à cidade de Natal. Ao chegar às proximidades do município de Lajes e tirar a vista ligeiramente da estrada, pelo vício de buscar o novo, vi, à beira da estrada, uma jovem, de joelhos, próxima a uma dessas cruzes silenciosas que, infelizmente, povoam os umbrais de nossas rodovias e que nunca são notadas por aqueles que são pródigos de velocidade e secos de memória.

Esta Maria (vou chamá-la assim), com sua cabeça de encontro à cruz, em prece, e acho que em conversa silenciosa com aquela pessoa que se fora, tocou-me. Viajei com aquela cena indelevelmente gravada na memória e no peito.

— Quem era aquela Maria? Quem era aquela pessoa morta (?) por quem Maria rezava? Como podia Maria, no meio de tanta pressa, ter calma para a prece?...

Lembrei-me de todos os mortos anônimos... Mas, não esquecia Maria!

Enfim, retornei à noite e, bendito destino, paro em Lajes para descansar as pernas e... vejo Maria.

Aproximei-me meio sem jeito, negaceei, entabulei uma conversa que começou meio sem graça e... Reuni coragem e perguntei a Maria:

— Era você, junto da cruz?

— Sim.

— Quem era o falecido?

— Minha mãe. Um motorista...

Não soube mais continuar a conversa. Lembrei-me de todas as mães e, salvo pela visão do poema de Drummond, lhe disse:

— "Mãe não devia morrer nunca!...".

Desejei boa noite, e saí.

O encontro me fez marcado n'alma.

E decidi: — Quando eu passar por aqui, lhe trarei o poema de Drummond. E assim o fiz. Ela, ao receber os versos, abriu um sorriso de jardim em flor. As lágrimas se anunciaram, mas voltaram ao seu bojo, e só lhe brilharam a face. Enfim, dei um presente em uma conversa com quem gosta de ler.

Semana passada, vi Maria. Ela se chegou, já com um sorriso à vista, acenou e me sussurrou:

— Mostrei a todos e fiz daquele seu presente um quadro!

Santa Maria!?...

Este cronista não sabe e nem tem cacife para encerrar estas palavras.

— Vem, Drummond! Toma da minha pena e fecha este tributo a Maria e a sua mãe.

— Tá legal, Carlos! Aceito e repito as minhas palavras, agora daqui do céu das letras:

— "Se eu fosse rei do mundo baixava um decreto: Mãe não morre nunca!".

Obrigado, Maria. Bendita és tu entre todas as filhas!...

Mãe com fome

Não sei teu nome. Fiquei sabendo que estavas na calçada daquela cidade, com um filho a sugar teus seios esquálidos e murchos. Tua mão a pedir comida na noite do Ano Novo e, de repente... te faltam forças, desmaias e cais. O pouco de energia que te restava passaste, via teu leite minguado de mãe, para a tua cria. Milagrosamente, como tão somente uma mãe é capaz, quedas e proteges teu rebento. Vais de encontro ao chão da calçada vazia naquela noite de festa, e um baque surdo invade a noite repleta dos barulhos dos rojões... Não tens doença, aliás, minto, tens a maior doença do mundo: fome.

Os transeuntes passavam e fingiam que não te viam. Ninguém queria sujar sua noite de réveillon com dramas de desvalidos. Ninguém queria colocar o escuro da fome nos seus mundos carregados de branco exterior. E tu ficaste na calçada com teu filho sobre o teu corpo roto!

Quem era essa mulher? Onde estão as campanhas — Fome Zero, Natal sem Fome?... Onde andam os homens e as mulheres que apregoam caridades mil em cartões repletos de mensagens lindas e emocionantes, eivadas de solidariedade? Onde se escondem, onde moram, onde vivem as famílias que prometeram um ano mais humano, mais solidário, mais...?

Aquela mãe e seu filho caídos na calçada da cidade grande, atrapalhando a passagem do ano...

Quem era ela?

Ao saber do teu drama, não consegui te esquecer. Ao

saber do teu desmaio de mãe, a tua fome foi posta sobre a minha mesa. Olho para a ceia da minha família, olho para os desperdícios dos nossos pratos e... Teu corpo invade minha mesa, tua fome amarga minha boca. Minha cabeça dói, e sou invadido por milhares de questões, uma saraivada de dúvidas que me imobilizam e me deixam tonto. Eu, que desabafo cobrando atitudes dos outros, o que tenho feito para melhorar o mundo? Onde andam minhas solidariedades, meus humanismos burgueses, minhas doações?...

Uma série de justificativas surge e, antes que eu as profira — mentiras que acalmam nossas consciências burguesas, mas que não resolvem nada, nada... —, eu as vomito, eu as descarto no lixo com vergonha do que sou. Se aquela mãe as ouvisse, teria pena de mim.

Faço minha ceia. Como aqueles pratos suntuosos e caros com um travo na boca. Tudo tem um sabor amargo para mim. E aquela mãe e seu filho postos sobre a ceia...

Vêm as sobremesas, os doces, os sorvetes... Sirvo-me, saboreio-os com um entalo na garganta e... aquela mãe na minha mente...

Ao final da noite, retraído, pensativo, sinto meu estômago revolver, sinto o mundo fugir aos meus pés, tento me afastar e, de repente, desmaio... Caio no meio de todos. Um médico se aproxima, me examina e decreta: "Nada de mais! Apenas, uma indisposição alimentar. Comida em excesso!".

O mundo gira, minha mente se contorce... Uma mãe e seu filho sobre mim... Vomito aquele excesso que evitaria o desmaio daquela mãe.

No som da casa, uma música invade a noite: "... este ano, quero paz no meu coração, quem quiser ter um amigo que me dê a mão...".

Arcano 18

Conheci-a no dia dezoito, casamo-nos numa noite de dezoito de dezembro e, até hoje, o dezoito nos encanta. A quem?!... A mim e à minha musa, dileto leitor!

Todo cartão que dedico à minha amada, toda senha que sou obrigado a criar, todo mnemônico que me vejo forçado a tecer... lá vem o dezoito enfiando aquele seu "um" altivo e aquele seu "oito" cheio de curvas sem saída, por entre meus códigos. Parei de tentar entender a força mística deste número cabalístico em meus dias, cansei-me de perscrutar seus segredos, de desvendar seus mistérios.

Hoje, apenas suspiro no berço e no colo do dezoito, como uma gaivota que aceita, digamos assim, fraternalmente, e sem entender bulhufas de física, o vento sobranceiro das ondas que, enquanto lhe afaga as penas, alça-a em poético voo.

O dezoito não para de me pregar peças. Benfazejas peças, é bom que se registre.

Era uma noite de agosto, e o arcano 18 deu um jeito de entrar novamente em meu mundo. Todos nós tememos um agosto — mês do desgosto. Uns, desbragada e abertamente falando; outros, fingindo não crer no feitiço desse mês, arrotando e bradando contra as crendices, mas, vestidos de branco, evitando parcimoniosamente qualquer projeto mais arriscado nesse oitavo mês do nosso calendário. Prudência, canja de galinha e um ramo de arruda não fazem mal a ninguém. Nada melhor do que deixar para se fazer em setembro o que pode ser desgosto em agosto, filosofam os procrastinadores místicos de plantão.

Voltemos ao meu relato. Como eu ia descrevendo, antes de me perder nas digressões do parágrafo anterior, o arcano dezoito deu ares de vida naquela noite. Darei detalhes, vejamos.

Eu andava meio calado, tomado por aquela onda de melancolia centenária que, de vez em quando, sem ver nem para quê, nos invade o peito. Onda que lava nossa alma com aquele mar de banzo, deixando-nos silentes e corcundas. Cruel é o peso da tristeza! E, assim, enfastiado de tudo e de todos, rolava as horas, louco para encerrar aquele dia. Olhar sem brilho, mãos sem gesto, coração sem élan, presente sem cheiro de futuro, apenas com mofo de passado roto.

Quando o expediente se foi, fiz "ufa!" e segui para casa, meio sem eira nem beira, arrastando o corpo feito um saco vazio. No caminho de volta, ainda dei com uma lua caprichosa, prenúncio da próxima lua cheia que já se anunciava dadivosa. Mas, nem a Lua me animou o peito lasso.

Ao rasgar a fímbria do portão de casa, dei com minha musa, esperando-me num sorriso hiperbolicamente belo. Senti que uma réstia de luz quis voltar aos meus olhos.

"Sabe que dia é hoje, querido?" — indagou-me.

Quase que respondo: "Um dia m...!". Mas, felizmente, me contive. Saiu, apenas, um desmilinguido e lacônico: "Não, neguinha!...".

Ela me abraçou, dizendo: "Nosso dia, hoje é dezoito!".

Sem que eu dissesse nada, sem que me deixasse esboçar qualquer reação, pegou-me pelo braço, enfiou-me dentro do seu carro e me conduziu para a rua. "Vamos visitar uma amiga querida que se encontra enferma e, depois... Vamos jantar à luz de velas para comemorar nosso dia!".

Foi de uma determinação tão olímpica que nada me restou a não ser deixar-me levar pelos arroubos da minha Biscuí. Saímos, ela dirigindo, eu displicente no banco ao lado.

Chegamos. A amiga já se recolhera aos lençóis, entregando-se a Morfeu. "Não precisa incomodá-la. Deixe ela descansar. Diga que aqui estivemos, mas que depois lhe faremos outra visita", arrematou. "Enfim, sós! Ao nosso jantar!", olhou-me, enamorada. Eu era a própria expressão do tédio. Um sorriso mixuruca surgiu, mais cara de careta do que de riso.

Entramos num restaurante fino, escolhemos uma mesa isolada e... Conversa vai, conversa vem, lembranças na mesa, beijos de sobremesa, jantar de carícias... A minha musa espantou meu banzo, plantando em meu jardim, antes entediado, uma noite maravilhosa.

Coisas de uma diva em parceria com o dia dezoito. Simplesmente, a maior tristeza deste Arcanjo e o mais temível mês de agosto nunca serão páreos para minha Biscuí aliada com a espada do nosso arcano 18.

Saudação a um mestre, guerreiro incansável

Em época de tanto culto à aposentadoria, à vida mansa, ao cansaço de tudo e de todos, eu, seu amigo e colega de trabalho, tenho a honra de presenciar, diuturnamente, o exemplo de um guerreiro que nunca se cansa, que sempre tem um riso no rosto, que sempre me apresenta uma fonte inesgotável de energia, de civilidade, de educação e, principalmente, de ética.

Ser exemplo por um ano é obra já valiosa, mas ser exemplo por toda uma vida é obra tão somente para um mestre. Mestre?, alguns podem indagar. Mas, só indagarão aqueles que não conviveram com ele, que não foram banhados por suas aulas diárias de paixão por tudo quanto faz, que não foram bafejados pela onda amiga de suas palavras — sempre prestimosas e disponíveis a ajudar —, que não tiveram a subida honra de receber o caudal de seu exemplo. Exemplo daquele que sempre falou pouco através das palavras, preferindo o som dos eleitos, que ensinam fazendo.

Estou me referindo àquele que, desde 1940, quando nasceu, vem sendo esse exemplo no mundo. Como filho, como amigo, como esposo, como pai. E, desde 1967, quando irrompeu nos portões da nossa empresa, vem tendo um caso de amor com esta. Não tenho outras palavras para saudá-lo, a não ser: Mestre e Guerreiro.

Já, pretensamente, expliquei a força da sua pedagogia — a Pedagogia do Exemplo —, permitam-me. Agora, tentarei discorrer sobre o seu galardão de Guerreiro. Que outra palavra poderia usar para saudar aquele que nunca desiste, aquele que nunca se entrega, apesar dos pesares; aquele que se levanta após as injustiças — e quem se dispõe a fazer deparar-se-á com elas em seu caminho —, aquele que sempre está pronto e empolgado, quando os mais jovens já se encontram tomados pelo cansaço? Não, só me resta esta saudação e, mesmo essa, me soa tíbia, perante a força desse dínamo, desse incansável batalhador.

Sua carreira profissional é um digno "case" de sucesso. Não daqueles coloridos pelos confetes fugazes ou pelos aplausos enganadores, que ludibriam os fracos, mas nunca dignificam os nobres de espírito. O caso, daquele a quem estou me referindo, é um sucesso lastreado no permanente, na luta construída na busca do melhor, na gloriosa luta dos humildes. Enfim, na crença da solidez do que fica e, nunca, nunca, se deixando levar pela vitória fácil.

Vários foram os locais em que ele trabalhou, inúmeros os amigos que ele conquistou. Em todos estes, deixou a marca do profissional exemplar, do homem simples e humilde, do empregado símbolo. E os resultados colhidos foram, e são, inquestionáveis. Se me arvorasse na tarefa de elencá-los, por mais cuidado que tivesse, por mais esmero em procedê-la, seria falho. Homens como ele não permitem que se conclua a biografia dos seus feitos.

Sua chegada a Mossoró, já com mais de trinta anos de casa, foi saudada por alguns como a derrota do guerreiro. Ledo engano! Ele aqui chegou e, enquanto muitos reclamavam, ele fazia. Quando muitos esperavam como resposta sua o descrédito e a apatia, ele cumulava a todos com uma dedicação oceânica, sempre com a flor indescritível de um sorriso meigo e puro na lapela de sua face.

Quem conhece a nossa empresa sabe tanto de quem estou falando, que eu até poderia terminar meu escrito sem citar-lhe o nome. Só ele para alcançar mais este feito, pois ele é ímpar, ele é singular, ele é único.

Resolvi publicar esta crônica hoje para reverenciar esse mestre, guerreiro incansável; devo isto a ele. Nada, mais nada menos do que render um merecido tributo àquele que sempre se doou em prol de uma empresa, diria melhor, em prol da vida. Tê-lo entre nós fez-nos devedores, a Deus, da dádiva de conviver com um de seus apóstolos, com um de seus filhos prediletos.

Hoje, ele, transferido, segue para novos desafios. Que siga com o meu muito obrigado e com a certeza de que nunca sairá daqui, porque o exemplo de um Mestre fica sempre com os seus discípulos.

O meu eterno respeito a esse guerreiro incansável, o meu eterno mestre — Raimundo Witt.

Óbvio ululante no amor

Dizer o que hoje? Que ganhei um presente dos céus quando te conheci? Mas, isto é pouco, além de meio brega, para expressar tudo o que sinto por ti.

Dizer, então, que foste, e serás sempre, a florada do caju na aridez do meu sertão? Também isto me soa fraco, além dessa metáfora não ter o brilho suficiente para exprimir o que quero, mas não sei dizer.

Entretanto, eu, que me arvoro em aprendiz de operário da palavra, volto-me para o artesanato do texto e tento ofertar-te uma saudação.

Todavia, sei que tudo o que fizer no reino da prosa e da poesia, a palavra já nascerá fosca, o mais caudaloso discurso irromperá sem luz, as sentenças quedarão frias, e os parágrafos já cheirarão a superado; pois, quando se trata de descrever nosso amor, as palavras não satisfazem. Pobre mundo dos vocábulos, triste reino das metáforas, nunca serão páreos para as coisas da paixão.

Queria, no entanto, escrever uma crônica falando de tua primavera, de flores invadindo meu quintal de dias insípidos, espargindo um cheiro de manhã no lençol de dias outrora frios.

Sonhei em conceber uma maravilha envolta em palavras, declarando para os arrebóis que foste o sol do inverno dos meus pântanos, que ungiste a minha testa com a marca e o fogo sagrado do eterno, que cravaste no peito, antes escuro, a luz divinal que nunca se apaga.

Imaginei um jogo de parágrafos que fariam um balé de sonatas cheirando a jasmim, pois foi este o aroma que jogaste sobre o meu caminhar. Cheiro que me acompanha, mesmo quando sou forçado a dar passadas no submundo mais fétido e sujo.

Pretendia gravar, neste branco papel, o azul arco-íris que habitou a minha face, até então cabisbaixa, quanto te vi. Saí de soldado raso da alegria e fui alçado à condição de general mil estrelas da felicidade.

Eu sei que não conseguiria. Tudo que por acaso escreva será por demais óbvio ululante, para a singularidade de tudo com que me cumulas. Divinal fonte de calorias ofertadas no café da manhã das nossas vidas, quando passa em meus lábios a margarina dos teus beijos, o suco do teu sorriso, e, na hora do almoço, tudo continua, desta vez com o filé suculento do companheirismo, servido com o suflê de uma amada sem par.

Que pena que as palavras fracassem, meu Biscuí! Pouco importa, mesmo com o risco de ser brega neste mundo tão povoado de amores de ocasião, quero dizer, de maneira óbvia e ululante, que te quero mais do que à minha própria vida, pois tu és minha vida, Biscuí.

Supriremos a lacuna das palavras com o nosso concreto e, Deus nos permita, eterno caso de amor.

Felicidades, minha querida. Que os anos te sejam infinitos!

A Beleza venceu a Física

Aprendiz de cronista vive pela cidade catando assunto para seus textos. Tudo é, observadamente, argutamente, analisado. Com olhos, ouvidos e coração. Ânsia de converter tudo em uma bela página literária. Às vezes, parece-se com um celerado — o popular "doido" —, deixa-se de viver, passando a ser antena receptora dos causos da vida. Quando assim não o faz, seca a fonte, a pena emudece e — pior de tudo — sai da condição de louco por uma crônica para a condição de cronista morto, sem produção. Por uma questão de amor à vida, vamos de catador dos fatos do cotidiano.

Entremos, pois, no colhido da última semana em meu observatório de aprendiz de escritor. Saía, de cabeça quente, com os meus dois televisores pifados no bagageiro do carro. Meu parco reino por um reparo! Explico, caro leitor. Catador de palavras precisa de uma certa paz em seu lar, de um certo, digamos assim, isolamento para produzir seus sofridos textos. E como conseguir isso, sem o ópio das novelas a entreter a barulhenta turma da casa? Toquei-me decidido, e cedo, para o Centro. Somente voltaria com um dos televisores funcionando. Então, deu-se o fato, semente de mais uma das minhas croniquetas de domingo.

Ao aproximar-me da esquina próxima à pracinha de meu bairro, dei com uma jovem, acenando a um mototaxista. O que isto tem de especial?, você me indaga. Calma, dileto leitor. Sente-se, relaxe e leia minha história. Não!... não era uma garota qualquer, era uma sereia recém-saída do mar — sim, pois seus cabelos ainda estavam molhados —, e desprovida de sua cauda de peixe. Em compensação, fazia-se detentora de uma cintura, e do que vem abaixo da sua linha do equador, de causar inveja à mais bela de todas as sereias.

Na calçada em frente, um velho senhor a ler seu jornal.

Moto parada, deu-se o fato *sui generis*. A musa de minha crônica, além de linda, portava uma minissaia que, embrulhada, caberia num copo de licor, do menor, e ainda sobraria espaço. O velho, percebendo a ocasião, baixou o jornal, ajustou os óculos e pôs-se em vigília, observador privilegiado daquela cena. É claro que apenas movido pelo nobre sentimento de saber como aquela deusa se safaria daquele imbróglio: subir na traseira de uma moto, com aquela minissaia, com todos aqueles apetrechos descomunais sem, digamos assim, mostrar nada de subentendido. Entende-me, não é, cândido leitor?

Sigamos em frente, não constranjam este casado, e casto, cronista. Logo a seguir, vinha este que vos relata. Também movido pelos nobres sentimentos de observador do cotidiano, apenas por isto e nada mais, cuidei de parar o carro e postar-me em ângulo certo, para não perder nada daquele caso.

Senhoras e senhores, deu-se um milagre. A deusa desta crônica, tendo todas as leis da Física contra, conseguiu derrubar o primado de que um corpo de maior envergadura não pode ocupar um espaço menor do que o seu volume. Coisas de deusa. Milagres da beleza. Ela contorceu-se; esticou, milagrosamente, as pontas da minissaia; ficou de ponta de pé — Cinderela ficaria rubra de inveja! —; pôs a mão, divinamente, entre seu par de pernas esculturais e...

(O velho — já boquiaberto e babando de ansiedade — esquecera o jornal, largando-o ao chão, detendo-se, por inteiro, no lance final daquela disputa: a dama contra a Física. Eu — catador dos relatos da província —, movido pelo mister de cronista e, torcendo, silenciosamente, contra a deusa, ligara todos os meus sentidos naquele embate. Como engenheiro e ex-professor de Física, esperava pela vitória da Ciência. Dei com os burros n'água!); para decepção minha, e daquele pobre velho, a sereia subiu na garupa da moto, sem mostrar nada do gerúndio do subjuntivo. Apenas, um par de coxas fenomenal, e um sorriso largo, de troça.

A moto arrancou, levando nossa deusa pela manhã. O velho, tornando à realidade, apanhou o jornal, virou-se para mim e arrematou, tristonho: "A Beleza venceu a Física!". E ficamos, os dois, a lamentar.

A queda que fez brotar um poeta

(Ao Poeta e amigo Antonio Francisco)

Antonio se criara entre os seus e dentro da vida de sua cidade. Era homem do povo, amante da vida. Sempre tinha um sorriso nos lábios para espalhar pelas calçadas de terra batida das casas simples de seu bairro. Morava ao pé da linha do trem. Adorava o seu resfolegar quando ele passava a espalhar seu berro de aço e buzina pelos trilhos da velha Central. Corria esbaforido e imaginava que era mais veloz do que aquela máquina. Louco por corrida: bicicleta, a pé, jegue, bode, cavalo... Um dia, e fora o seu maior tento, correra até no lombo de uma porca da vizinha. O barrão e o vizinho não gostaram, mas na redondeza fora dia de muita risadaria e galhofa. Esse Antonio! Amansando porca!

Com o tempo, percebera que não cresceria muito. Ia ser um "batoré". Pequeno, entroncado feito saco socado, mas ligeiro das pernas que só vendo. Desconfiando de que não seria um vara-pau, cuidou de ser o mais veloz nas corridas de bicicleta. Turrão e teimoso que nem sei o quê, entrava de mato adentro com a sua velha companheira, correndo, correndo, correndo... Só andava desembestado feito a moléstia dos cachorros doidos. Nessa época, apareceram as primeiras corridas de bicicleta, puxadas pelos amigos do bairro, e lá se ia o Antonio feito um excomungado. Parecia um Zé Tampinha! Olhos vidrados, músculos empurrando com força os pedais e... pé na tábua! Força de vontade nunca lhe faltara. Não ganhava as corridas de pouca distância, ficava geralmente em terceiro, as pernas curtas não ajudavam. Mas nas viagens de muitas léguas, de uma cidade para outra, a história era diferente. Antonio, com a sua força de vontade, mais teimoso que uma mula, botava todo mundo na poeira. Além, é claro, de ser a alegria do grupo. Certa vez, voltando para Mossoró, a turma com os bofes na boca, um dos colegas, já pedindo penico, se vira pra turma e pergunta, com as pernas bambas: "Quanto falta?". Um, mais rápido do que cabra com medo desembestado na mata, responde (com a voz mais fina do que assovio de "soim"): "Tre... Trezentos quilômetros!..." Antonio saca rápido seu humor e grita: "Ah, bom, estamos em riba. Mossoró tá bem aí!". O riso espocou nos peitos de todos, enchendo a turma de gás. Naquele tipo de carreira, do que se precisava era vontade, teimosia e alegria para vencer o cansaço e as câimbras que mexiam com o juízo de todos. Antonio era um danado de teimoso, não abria nem pra um trem carregado de dinamite, como vira nos filmes de caubói.

Seu programa nos fins de semana era vender jornal nas ruas e pelas casas. Se esgoelava de gritar, oferecendo *O Mossoroense*, e, quando o apurado fechava o ingresso do cinema, não queria nem saber de conversa: encostava o resto da pilha e, perna pra que te quero, desembestava feito um raio pra casa. Molhava o corpo na água do pote, botava a domingueira nos couros e chispava para o cine. Era louco por filmes de caubói e de aventura. Fizera amizade com todos aqueles heróis que, não falhava um, visitavam Antonio todas as noites no meio do sono. Com o "diacho" dos filmes com a tal da "legenda", comia fogo. Mas não tinha problema, aprumava-se, ficava de olho pregado na tela e... com muito pouco tempo, sabia ler de carreirinha. Alfabetizado pelo cinema.

Quando corria durante a semana, imaginava ser um dos super-heróis. "Vamos lá, Antonio. Rápido! Tem uma mocinha precisando da sua ajuda na chegada". Nessas horas, vinha de dentro dele uma força feito a peste. "Vixe, Maria! Sou mesmo um super-herói!", pensava. E Antonio passava a correr cada vez mais rápido. Super Antonio! Pedal Kid.

Com o tempo, só marcava compromisso nas brenhas. Lá onde o cão perdeu as botas. Se tinha um batizado pelas bandas de Apodi, mais de onze léguas de distância, chispava logo cedo, antes de o galo velho da vizinha anunciar o sol. Casamento, quanto mais longe e estrada pior, mais ele gostava. Ô bicho doido por bicicleta da gota serena!

Outra coisa interessante pra se prosear da vida deste cabra é que, com o tempo, Toim saiu de caçador (de peba, rolinha, arribação e outros bichos mais) pra condição de guardião dos animais. Tudo se deu num certo dia. Atirara de baladeira num passarim de penas coloridas e, ao correr pra pegar o bichinho, vira o pássaro com o bico cheio de sangue em cima de uma moita de umburana, a cantar. Aquele canto triste entrara por dentro de seu peito, rasgando-o. Antonio caiu no choro. "Nunca mais maltrato animal!", gritou. Uma semana depois deste acontecido, vinha pedalando com um cabra do tiro de guerra, quando uma raposa cruzou a estrada no pé das ventas dos dois. O samango, apressado, saltou da bicicleta, puxou do revólver e correu pra cima da raposa. Antonio gritou: "O que é que cê vai fazer, homem de Deus?". "Atirar na raposa, é claro!", acudiu o guardinha. "Por que, homem? Que mal ela lhe fez, pelo amor de Deus?", continuou. "Ora, Toim. Essa bicha come galinha!", atalhou rápido. E Toim arrematou seco: "E cê num come também? Se for matar quem come galinha neste mundo, vai ficar pouca gente". O cabra murchou as orelhas, botou o rabo entre as pernas, guardou sua arma no bisaco e voltou a pedalar. E a raposa continuou sua carreira pelo mato.

Certo dia, seguia em mais uma de suas aventuras de ciclista, quando... Ainda não se sabe bem como, uma chibatada (será que fora o Coringa, quebrando sua bat-bicicleta?) o acertara por trás. Só sentira a pancada, e tudo ficou escuro... Um gosto de sangue e terra na boca... Um silêncio mais fundo do que cacimbão... E a voz da mãe no fundo: "Toim! Toim! Toim!..."

...

Antonio nunca mais poderia correr de bicicleta. Recolhido na cama, fedendo a doença de véi, no corredor do velho hospital, Toim pensava: "E agora? O que é que eu faço, meu Deus? Já tenho mais de quarenta anos nos couros, só sei correr de bicicleta! E agora? Me diga, meu Deus!", pensava baixinho. Pela primeira vez, sentia um negócio apertando-lhe o peito. Parecia com o banzo da lombra de seu amigo Mário. Lombra de amor não correspondido.

...

De repente, preso na gaiola do hospital, ouviu o canto da juriti. Que coisa linda! Um clarão correu por dentro da sua cabeça, alumiando suas ideias. Aquilo foi tomando jeito, sentido e... gritou bem alto: "É isso! Se não posso correr. Se não posso mais desembestar pelo mundo afora. Vou fazer cantos! Versos em cordel! Versos que vão correr o mundo, mesmo que eu fique preso numa rede sem fundo". Todos no hospital o olharam meio desconfiados e começaram a fuxicar: "Nossa Senhora! A pancada atingira o juízo do homem. Vai ficar lé-lé da cuca. Coitado do Toim!", pensavam duas velhas carpideiras.

Na mesma hora, saiu o primeiro verso: "Meu dotô me dê licença pra minha história contar: Sô filho da Centrá. Não nego, sou de lá. Meu banho é no pote. Minha riqueza é meu quintá. Sou homem do Norte. De agora em diante, não nego: só faço cantar". Meteu mais duas estrofes no final, e todo mundo se pôs a falar: "Cabra bom de versos! Nunca vi igual".

Hoje, Antonio corre o mundo a espalhar seus versos. Lindos versos! Trovas que falam de amor, de natureza, de gritos contra os destemperos do homem. Quando ele recita, tudo para e presta atenção. No nosso Nordeste, não tem cabra igual. Bendita queda que fez brotar um poeta! Deve ter sido obra do supercaubói da poesia.

As plantadoras de jornais

Domingo, encontrava-me praticando aquilo que tanto enche os dias daqueles que não "curtem" os programas tradicionais de fim de semana. Explico: por não ser do clube da cerveja, por não gostar dos jogos de azar e por detestar o esporte nacional preferido, que é falar mal da vida dos outros, resolvi abalar-me até o centro da cidade e comprar os jornais. Ler é preciso. Engrandece-nos e faz-nos mais gente.

Passei na tradicional banca, próxima da Igreja Matriz. O Centro, antes tão nervoso e cheio de movimentos e pressas sem sentido, estava silente, vaporoso, entregue à calma. Tinha como proprietário os pombos. O dono da banca me recebeu, protocolarmente. Peguei meus exemplares e resolvi, não me pergunte por que, folheá-los em pé, catando alguma manchete literária. Tenho paixão por literatura. De repente, vi se aproximar duas senhoras já idosas. No início, reconheço, não prestei muita atenção àquelas duas damas. Pareciam clientes convencionais. Mas... atentei que cada uma comprava dois exemplares de cada jornal. Esquisito! Seria já a cruel arteriosclerose? Alguma mania de velho? Dois exemplares!... Coisa maluca!... Olha o respeito!, pensei rápido. Saíram de mãos dadas. Observei-as, curioso. Trajadas com vestido de chita, lenço ao pescoço, sorriso nos lábios. Caminhando como se tivessem a eternidade. Garbosamente.

Por me ver observando-as, o homem da banca comentou: "São minhas clientes mais fiéis. Sempre na mesma hora, oito da manhã. Sempre dois exemplares de cada jornal!” Sorriu, monetariamente. Despedi-me e resolvi caminhar a esmo pelo Centro.

Benzi-me em frente ao adro da imponente Catedral. Lembrei-me dos meus muitos pecados, prometi, pela milésima vez, me aproximar mais de Deus. Fugi, profanamente, do templo. Ansiava pelo refúgio de uma praça, onde houvesse um velho banco, uma boa sombra e não pudesse divisar aquele templo, que faria meus pecados vivos e baniria a calma necessária à leitura. Após caminhar alguns quarteirões, vi-me em uma praça simples e acolhedora. Divisei um banco sombrio e abençoado pela copa de uma árvore valente e bondosa. Resistente à poluição e ao descaso pelo verde-vegetal daqueles que só louvam o verde-monetário. Bendita sombra, acolhedor banco. Sorri, coloquei os jornais ao meu lado, consegui uma pedra. Tirei-a do meu caminho de retinas tão fatigadas e coloquei-a sobre as folhas dos periódicos, contendo este vasto vento. Vento que, aos domingos, varre as praças. Vontade da natureza de expurgar, e limpar, o lixo semanal que empesteia nossa cidade. Enchi os pulmões, vi os pombos e pensei em alimentá-los. Não tinha milho, faltava-me jeito, a vontade era pouca... E o vício da leitura era maior. Posterguei aquele projeto (mais um entre mil) e entrei pelas páginas dos jornais. Não lembro quanto tempo passei naquele mergulho. Quando leio, esqueço o tempo, transponho-me para outro mundo. Coisas da paixão.

Ouvi um farfalhar de pés arrastados sobre folhas. Um som, que começou baixo, quase como um fundo musical. Foi crescendo, crescendo, tom a tom, até que se tornou presente. Movido pela indefectível curiosidade que nos acompanha, virei-me e vi as duas velhas damas da banca de jornal se aproximando. Vinham lentamente em direção à praça. Periódicos sob os braços e de mãos dadas. Risonhamente. Parecia que iam ter um encontro com um príncipe encantado, que povoa o universo lúdico de todas as senhoras. Chegaram, pé ante pé, sentaram-se num banco vizinho onde se encontrava um jovem casal. Começaram a ler. Percebi, por cima do meu jornal, que, quando liam, comentavam, sorriam, eram invadidas por um enorme prazer. Até achei que remoçavam. Aquela cena me prendia. Era apaixonado por leitura, mas aquelas damas eram muito mais enamoradas... Não tirava os olhos daquele banco. Passada uma hora, acho que não mais, as senhoras se levantaram e... vi que esqueceram um jornal sobre o banco. Titubeei... Levantava e as avisava do esquecimento? Hesitei, levantei e sentei duas vezes... Quando elas já estavam na rua contígua à praça, o medo do pecado da omissão foi maior do que a timidez, corri, aproximei-me, pedi licença e, reverenciosamente, comentei: "Desculpem-me a intromissão, mas as senhoras esqueceram um jornal em cima do banco da praça...". Elas se viraram, levaram os dedos aos lábios, gesto universal de quem pede silêncio, baixaram a voz e sussurraram: "Psiu!... Não os espante! Deixamos o jornal de propósito. Queremos que aqueles jovens o levem e leiam. Não atrapalhe nossa missão". Missão!...Que missão?, indaguei. Elas abriram um sorriso de margarida num rosto de sol de primavera e confidenciaram-me: "Somos leitoras vorazes e, todos os domingos, vamos às praças não para dar milho aos pombos e, sim, para plantar jornais no mundo dos jovens. Um jornal é nosso, o outro exemplar plantamos em cada praça. Dê-nos licença que temos mais praças a visitar". Não esperaram meus comentários. Graças a Deus! Seriam ridículos comentários de um omisso.

Hoje, domingo, irei às oito horas àquela banca. Verei aquelas damas saírem com seus jornais, cumprindo sua divina missão: dar jornal aos jovens. No próximo domingo, juntar-me-ei a elas. Seremos três. Quer juntar-se a nós?

Carta a meu pai

Ao saber que te prescreveram nova cirurgia, pai, corri para te ver. Corri para te abraçar e para dizer o quanto te amo.

Cheguei de viagem e fui logo te visitar. Estavas abrigado na grande cidade, como um peixe fora d'água, na casa da tua única filha mulher, minha querida irmã Maria José.

Entrei pelo corredor comprido e divisei, ao fundo, o brilho dos teus cabelos brancos, caídos na tua testa serena. Vi teu rosto já tomado pelas marcas do tempo, mas altivo. Observei, à distância, tuas costas largas, já morada de uma corcunda dos anos.

Apesar de toda a minha recusa em aceitar, meu pai está ficando velho. Aquela inexpugnável maravilha em forma de homem, aquele símbolo de ternura, de abrigo, de zelo, de força, está sendo macerado pela corrente inescrupulosa do relógio da vida. E isso me dói.

Nós, filhos, pensamos nossos pais super-heróis imunes às falhas, às doenças, às inquietações dos vãos mortais.

Sentei-me ao teu lado, peguei tua mão, ainda forte, e pedi tua bênção, recebendo o ósculo da tua proteção. Hábito que tu nos ensinaste e que todos os teus filhos seguem e repassam para os teus netos, fielmente.

Há quarenta e um anos convivemos, pai, e, hoje, premido pela chegada da tua velhice, penso que nunca externei, por completo, o respeito e o carinho que nutro por ti. Homem de gestos simples, inimigo dos rompantes, sereno, mesmo nos raros momentos de fúria, marido carinhoso e sempre enamorado de nossa mãe. És um legado que glorifica a biografia de qualquer filho.

Teus passos serenos, tua palavra amiga, e sempre lúcida, são a maior herança desta tua prole. Orgulhamo-nos, nós, teus filhos, de termos as marcas da tua genética em nosso corpo: os dedos grossos do pé, os dentes um pouco entreabertos, a cintura e o estômago altos — que, para alguns, poderiam ser marcos desabonadores nesta época de culto ao corpo — mas, para os teus herdeiros, tudo isto é encarado como marca de escolhidos, sinal de que temos um pouco de ti.

Hoje, sou também pai, e faço tudo para seguir teu exemplo na educação dos meus filhos. Exemplo que tu sempre foste, e és, para mim. Vejo-me aconselhando-os, como tu o fazias conosco. Entro em casa, beijando suas faces, perguntando pelos estudos, dirigindo uma frase de carinho para todos, ofertando bênção, mesmo premido pelo cansaço. Tudo isso se dá graças ao teu zelo, que segue meus passos, que me guia.

Pai, orgulhamo-nos de ti, fazemos questão de dizer que somos Arcanjos, filhos de José Bosco, o nosso querido Zequinha, o Zequinha da Djanira, nossa mãe, tua fiel escudeira, tradução maior de um amor conjugal.

Aliás, nunca olvido o exemplo que nos passavas, quando chegávamos esbaforidos, almas roídas pelas desventuras do dia a dia. Tu, pai, nos abraçavas e nos beijavas a face, serenando toda a nossa tormenta. Ficavas conversando conosco mansamente, e isto era a maior força que poderíamos do mundo receber. Nada de brados, nada de disparates verbais, nada de achincalhar o mundo. Apenas, a leveza daquele que sempre trouxe a calma no espírito.

Tuas mãos, sempre carinhosas e firmes, é a elas que me apego, mesmo em oração, quando se me apresentam as procelas da vida. Sonho com tua face ao perceber as intrigas dos que me cercam. E, só pelo fato de assim proceder, o mundo serena, e colho a brandura do teu jeito, no raiar de um novo dia.

Hoje, ao te ver cercado pelo tempo, teu corpo querendo ser invadido pelos males da idade, oro pela tua imortalidade.

Meu pai, meu herói! Beijo-te a testa em sinal de eterno respeito, e peço-te a graça de tua bênção.

Carta a um amigo

Há dezenove anos nos separamos. Dos nossos estudos, tomamos rumos diferentes. Eu, nortista, optei por voltar ao semiárido — a eterna ligação com a nossa Canaã querida; tu, amigo, filho das terras do Sul, em seguir para tua região, e nunca mais conversamos. A nos seguir, e acompanhar, apenas o riso infantil e puro do teu rosto, morada do simples, e as minhas alegrias de cearense, piadas macias que nosso povo aprendeu a usar para reduzir a intrepidez de nosso clima.

Entramos na labuta da vida e nunca mais nos vimos. Tu, imerso nas lutas da vida, nos atropelos do trabalho, nas batalhas infindáveis do "não endurecer jamais". E a tentativa do mundo de te plantar a semente de um coração de pedra, de te colher os frutos duros do pragmatismo econômico... E teu corpo e alma começaram a sofrer.

Sofrer, porque eras muito puro para as impurezas do mundo; eras manhã, quando tudo te levava para a noite. E teu coração começou a sangrar, a verter lágrimas de dor. Dor de um homem que não queria se adaptar a essa lógica malsã: trabalho duro, coração frio, dinheiro no bolso e... que o mundo se exploda! Essa lógica não entrava nesse teu peito puro, e deu-se uma luta cruel: tu versus o mundo. O sejamos práticos versus o sejamos utópicos. E tu, amigo, entraste nesta batalha, durante longos anos. Foram muitos lances contra teus sonhos, muitos ataques contra teu riso, uma miríade de golpes a destruir a muralha de flores do teu mundo. Um Quixote, sem Sancho Pança.

Eu, ausente, nem imaginava a brutal campanha contra meu amigo. Nem sequer suspeitava que, distante, tu, amigo, te imolavas numa batalha pela vida.

E lutavas, bravamente. O inimigo, invisível aos meus olhos longínquos, invadiu teu corpo santo e plantou a lança cruel da tristeza. Entregaste todas as tuas forças, deste toda tua energia em sacrifício, ofertaste teu riso e... Olhaste para os lados, emitiste um chamado silencioso, clamando ajuda, pedindo que nós, teus amigos, nos juntássemos nesta cruzada pela vida... Não percebemos o teu clamor! Não ouvimos o teu grito, não nos apercebemos de que, na batalha, o amigo havia sido ferido pela espada cruel e tirana da melancolia.

E continuaste a gritar. Emitiste mensagens cifradas, e nós não soubemos decifrá-las. O cotidiano tinha vencido a batalha em nossos peitos, antes tão plenos de utopias e sonhos. Só tu, amigo, teimavas em não permitir que a frieza da rotina dominasse a planície em flor do teu mundo.

Cansado, depauperado, roto e sozinho, acordaste em teu apartamento. Todos os inimigos da vida, rondando-te a alma, querendo comer a bendita flor da utopia incrustada dentro do teu peito. Caminhaste pelo quarto, esperaste uma ligação nossa, que pudesse te injetar um pouco da glicose da vida nesta última batalha.

Estávamos presos a nossos afazeres, e não ouvimos teu chamado.

Abriste a janela, tendo todos os vampiros a rondar-te a vida. Fitaste o céu azul daquela manhã carioca, viste nele uma réstia de luz dos teus sonhos e voaste — tentativa de ganhar os céus, juntar-se aos pássaros e fugir daqueles demônios.

Não estávamos por perto para montarmos as asas que tu precisavas neste último voo. Tampouco, fomos competentes para juntarmos nossas energias e prepararmos uma rede para te proteger.

Com tanta omissão, os inimigos da vida venceram, levando-te. Um som de saudade se fez ouvir no peito de todos nós.

Menos um!, gritaram, em risos, os apóstolos do caos.

Hoje, faço-te esta carta para te pedir perdão. Perdão por não ouvir o teu chamado, amigo. No mesmo instante, clamo-te que ores por nós, teremos um mundo pior, porque nunca mais ouviremos a bênção amiga do teu riso entre nós, amigo.

Cocada com açúcar, lição e afeto

Chegava a casa na costumeira pressa do meio-dia. Aproximava-me com os olhos fechados ao que me estava em derredor. Diretamente, a atenção toda voltada para o almoço com a família. Parando o carro, buzinei, solicitando a abertura do portão da minha casa. Nossos lares estão virando cadeias de muros altos, não se veem mais os vizinhos, não se percebe a riqueza sonora das ruas e nem sequer se sonha mais em sentar nas calçadas. Isso será progresso?!... Vidros fechados, pane e medo de tudo e de todos. Ar condicionado, o som do mundo preso lá fora.

Não lembro quantos segundos se passaram. Primeiro, ouvi um som distante, abafado pelo vidro. Levantando o rosto da direção do automóvel, mecanicamente, vislumbrei um vulto na porta do vizinho. Era um pequeno, ofertando um produto em um depósito de plástico. Como não tinha o que fazer, esperando o portão ser aberto, entreguei-me a observar aquele vendedor de rua. Tocou a campainha, ficou postado à frente da casa e, passados seculares segundos, foi interpelado pelo meu vizinho. "Cocada!?...". Recebeu um lacônico e definitivo: "Muito obrigado!". Baixei o vidro para presenciar melhor a cena (a velha curiosidade pela vida alheia?). O infante comerciário despediu-se com um gesto de mesura respeitosa. Não fez caras e caretas de sofrido, de pedinte, de pobre coitado. Tinha um produto a oferecer e se afastou garboso do seu pretenso cliente, sem humilhação. Aquela cena fez-me recuar no tempo...

De volta para um passado esquecido, fui invadido pelas lembranças do meu "eu-menino". Vi-me criança na minha pequena cidade, correndo pelas ruas e sonhando com uma prata para comprar uma cocada. O gosto veio-me aos lábios e à mente. O regozijo do coco ralado no céu da boca, a divisão irmã do néctar do manjar com os amigos. Uma saudade enorme me tomou o peito. "Há quanto tempo não comia um doce caseiro?". Nem me lembrava. Preso aos receituários burgueses da dieta isenta de açúcares, repleta de artificiais adoçantes, transbordava travos e sem "saborança". Comida de restaurantes profissionais, sem a naturalidade de uma panela de barro, sem a presença humana de uma cozinheira amiga. Tudo feito em escala, em linha, como manda o receituário do mercado. "Viva o lucro e morra o sabor e o bucho!".

Não sei por que me deu uma vontade danada de romper com esse jogo, quebrar as amarras desse mundo de desprazer. Quando o garoto voltou-se em direção à minha calçada, já o esperava ansioso. Entabulei um papo meio sem jeito. Com tantos anos de burguês e de conversas comerciais, desaprendera o hábito do bom papo, o dileto jogo da divina "conversa fora". Sem segundas intenções, apenas pelo prazer do prosear. "Como andam as vendas? É cocada? Foi sua mãe quem fez?...". Recebi respostas claras e vi-me perante um pequeno grande vendedor. Apresentou-me seu produto, explicou-me como eram feitos, os tipos disponíveis: doce-de-leite, coco e doce queimado. Gritei menino redivivo: "Doce queimado? Ainda se faz cocada assim?". Desconfiado, pedi para ver. De novo, o meu lado besta de São Tomé. O guri abriu seu baú de manjares e apresentou-me todas, como se fosse um cofre de joias. O

Sol a pino refletiu o brilho do doce, o aroma das cocadas invadiu a rua, e a saliva transbordou em minha boca. Fazendo-me de rogado e querendo dar uma de bom burguês, disse que não podia comer açúcar, fiz um muxoxo discreto de menosprezo pelas suas cocadas e, cúmulo da infelicidade, saquei de minha carteira e ofertei-lhe um presente: "Tome um real, garoto!".

Deu-se um silêncio de séculos. Uma densa atmosfera se fez presente. O grande menino recuou, agradeceu, fechou seu "potinho de ouro" e desferiu: "Muito obrigado. Não ando pedindo esmolas. Vendo cocadas". Voltou-se para a rua, deu-me as costas e fez menção de seguir.

Pulei do carro e pedi desculpas. Atabalhoadamente, troquei meu mísero real por quatro divinas cocadas e fiz questão de me despedir, saudando-o com um abraço fraterno.

Entrei em casa, cumulado de doces e de lição de vida. Chamei meus filhos; expliquei o que era cocada para aquelas crias dos sanduíches, das batatas-fritas e dos "milk-shakes"; sentamos no chão e dividimos, irmanadamente, aquele ouro. "Às favas, os ridículos regimes!".

Saboreei a minha cocada de coco queimado e ganhei, de sobremesa, um presente daquele menino: ele me trouxe de volta ao mundo das cocadas e das lições com açúcar e com afeto.

Conversas com um papagaio literário

Fiquei sabendo que Lázaro, meu conhecido, tinha adotado um papagaio. Sim, caro leitor, adotado. Seu antigo dono, amigo das letras, solteirão solitário, sem parentes à vista, morrera de repente (dizem que ataque fulminante da solidão, mas há controvérsias. Alguns advogam que — e eu me incluo, humildemente, neste seleto grupo — quem tem livros nunca sofre dos males de solidão). Voltemos ao tema, que os parêntesis estão enormes, e já vislumbro o olhar cortante do revisor. Pois bem, o dono morrera e o dito cujo, plumoso palrador (sempre quis usar esta palavra, veio, graças a Deus, a chance, e não há o que esperar: ei-la em meu reles texto), ficou órfão.

Lázaro, ao proceder ao espólio do amigo, decidiu: doem-se os livros para a Biblioteca Pública, que viu seu número de títulos quintuplicar (não pelo porte da doação, mas, sim, pela modéstia do acervo); os móveis foram distribuídos entre os vizinhos; as roupas, velhas e desbotadas, viraram panos de chão e... restou: o plumoso verde-amarelo. Como este se mostrou educado e sereno (Lázaro sempre ligou papagaio a palavras de baixo calão), decidiu adotá-lo.

Em casa, saudoso do amigo, recolheu-se e encarregou sua enteada de providenciar um poleiro para o hóspede. Como era casa de quarto e sala, Platão (era esse seu nome) passou a dividir o aposento com meu amigo Lázaro. Deu-se então o objeto de nossa crônica.

Na calada da noite, enrolado nos véus de Morfeu, ouve-se

uma voz merencória: "Ser ou não ser. Eis a questão". Lázaro renasceu do mundo do sono e ficou calado, a escutar. No início, pensou que era coisa de algum de seus vizinhos. Com um pouco mais de cuidado, e menos envolto nas brumas da noite, constatou: era Platão. De repente, o silêncio é cortado pelas badaladas dos sinos da Matriz. "Nenhum homem é uma ilha isolada; cada homem é uma partícula do continente, uma parte da Terra...", perdeu-se em murmúrios, "... a morte de qualquer homem me diminui, porque sou parte do gênero humano. E, por isso, não perguntes por quem os sinos dobram; eles dobram por ti". Meu amigo quedou reflexivo. Papagaio diferente! Algo se mexeu no seu interior, fez-se reflexão. Recebeu mais uma do plumoso: "Todas as misérias dos homens derivam do fato de não conseguirem manter-se tranquilamente sentados sozinhos em uma sala". Ruminou toda a madrugada. Acordou cedo, e Platão deu-lhe um bom-dia singular: "Senhor, fazei-me instrumento de vossa paz! Onde houver ódio que eu leve o amor; onde houver ofensa que eu leve o perdão...". Lázaro se aproximou, e deu-se o primeiro diálogo: "Ouvi sua voz no meio da noite. Frases fortes. Parabéns, você é um filósofo. Onde aprendeu tudo isto?". Platão acorreu, baixando o bico: "Obrigado, mas não são ditos meus. São pérolas que meu patrão soltava ao vento, lendo em voz alta seus livros. Tesouro que você não quis". Lázaro recolheu-se, cuidou de tomar café, rápido, simulou atraso e saiu. Viu-se errante, quando se apercebeu: estava na Biblioteca. Entrou e seguiu sem jeito para os livros. Entrou naquele mundo e perdeu a noção do tempo. Mundo sem fim, descobertas mil, tesouro infinito. Vibrou quando se deu com Shakespeare, bardo inglês, em seu magnífico *Hamlet*. Levou mais tempo, mas se viu com o poeta inglês John Donne e sua metafísica. Urrou alto, enfim, com as *Meditações* de Pascal. Voltou para casa já altas horas. Sentou na sala, trouxera um dos livros consigo. Uma voz saudou-o: "Irritei-me com meu amigo: /expressei minha raiva, ela acabou. /Irritei-me com meu inimigo: /Nada lhe disse, ela aumentou". Levantou os olhos e viu, caminhando em seu rumo, Platão. "Parabéns! Lendo William Blake, nunca esqueci seus versos". Como sabes?, indagou Lázaro. "Este livro era um dos nossos mais queridos. Em especial, o poema 'Uma árvore do veneno'". Folheou o livro e localizou. Correspondia. Vararam a noite. Nunca Lázaro tivera diálogos tão ricos. Dormiu tarde, mas repleto de vida com as conversas literárias com aquele papagaio.

O dia raiou, e Lázaro fez-se outro. Nunca mais foi visto sem a companhia de um livro — livros à mão cheia. Mais um que ressuscitou do mundo dos mortos, conduzido pelas asas de Platão.

Crônica da Melancolia

Crônica da melancolia? Grita, uníssona, minha dúzia de leitores.

O que eu posso fazer? Estou com ela em meu peito, invadiu meu mundo, tomou meu dias, quer controlar meu destino e não deixa aparecer, em meus dedos de escritor, outra ideia.

Dou asas à imaginação, tento lembrar-me de fatos, reviro meus guardados e... nada. Só encontro melancolia, só colho melancolia, só respiro melancolia.

Brigo novamente com essa tirana, lembro-me dos livros de autoajuda: Pensamento positivo, cara. Querer é poder!, grito para mim. E... nada. Só as asas da danada sobre o meu mundo, escurecendo meu caminho.

Meu rosto enrugado é testemunha do meu esforço hercúleo em fugir desse tema. Como não tive êxito, afrouxo-me, entrego-me, dou-me em sacrifício, e vamos ver no que vai dar.

Comecemos este tributo à melancolia — deusa dos desgraçados.

Antes, por dever de ofício, um aviso: se fores fraco de espírito, foge, enquanto é tempo, destas letras. Se fores amigo dessa deusa dos desafortunados, acompanha-me neste tributo à inimiga do riso e das quimeras. Se fores apenas um curioso das desgraças alheias, arregala os olhos e regala-te com meu destino.

A melancolia não pede motivos. Se os tem, melhor ainda. Se não, ela os cria, voluptuosamente.

A melancolia não escolhe sexo, cor, filiação partidária, profissão, nem idade. Todos apresentam algo comum à sua fúria insaciável: a condição humana.

Alguns pensam que ela só escolhe os poetas, amigos das noites insones, amantes das dores d'alma, tributários dos sofrimentos inconfessos. Ledo engano! A melancolia é amante poligâmica, quer a todos. Os poetas, apenas, expressam-na melhor, vomitam suas dores em forma de poemas. A nós, que não temos a expiação dos versos, só nos resta a dor cava sem grito, doendo surdamente.

Já percebi que ela prefere a noite insone, para se instalar em nosso peito. Mas, que isso não sirva de proteção, ela também surge nos céus do dia, escurecendo-os de antemão, fazendo-os noite.

Joga-nos silentes, ruminando as horas, presos aos seus grilhões, transformando qualquer um em seu escravo, filhos da solidão. Capiongos, ficamos a pensar, mas não descobrimos nada que lhe dê razão. Todavia, não pensemos em inquirir; quanto mais buscamos, mais nos afundamos, se insistirmos.

Já descobri que alguns, por ela, têm um certo amor. Gostam dos seus abraços, acariciam-se com sua dor. Envoltos nas brumas escuras, giram seus dias em júbilo, como se amantes da melancolia.

Alguns tolos se locupletam de fantasias, vestindo-se de ilusões, bebendo utopias, achando que, com isso, espantam a cruel tirana, banindo de seu mundo a nau da melancolia. Quanto mais se cercam, mais belos ficam aos olhos dessa deusa da hipocrisia; atraída, ela dispara sua flecha pejada da dor mais sentida. Feridos, frementes e de peitos opressos, quedam e sofrem por toda a vida.

No meio da dor mais renhida, suspeito que, quanto mais se foge, mais se enreda na teia dessa aranha. Melhor é relaxar, dar tempo ao tempo, aproveitar para revisitar o poço da noss'alma mais profunda, limpando os guardados, pondo luz neste fosso e ressurgindo mais humano.

Suspeito que onde houver humanidade haverá a companhia da melancolia. Só não quero que seja beldade única do meu espírito, nem guardiã solitária de meus dias.

Agora, vejo um pouco de réstia de luz a se aproximar. Fecho a crônica, vou seguindo seu fio, espero sair desse labirinto da solidão e, em meus dias, viver uma só alegria.

Obrigado, caros leitores, por lerem minha crônica. Foi esta a forma que escolhi para expiar minha melancolia. Não tente por ela ter amor, nem corra de sua desdita, viva a vida com sapiência, mas orando para não ter nunca sua visita.

Crônica de Natal

Todo escritor, e seus discípulos-aprendizes, sonham escrever como em doação. Esta semana, tive um sonho: encontrei-me com um cronista que me interpelou, pedindo que fizesse uma crônica de Natal. Acordei envolto ainda naquela forte imagem... e as palavras me faltaram. O branco da folha me tornando pálido e mudo — "O único presente que um cronista de aldeia pode dar a seu povo!", sua voz ressoava na minha consciência.

No meio da noite seguinte, fiz-me sentar à frente do computador, calei e tornei-me instrumento. Desculpem-me, leitores, tentei, mas não consegui.

Queria escrever uma crônica que chegasse às casas, transformando-as em lares e, ao assim proceder, devolvesse-lhes os brilhos das coisas simples, banindo a dureza dos seus tijolos.

Um texto que fizesse com que todos os lares tivessem muro discreto e flores na calçada. Flores que, ao cair da tarde, exalassem o perfume da paz, colorindo os boas-tardes tão protocolares e, assim, iluminando mais os céus e irmanando os homens.

Gostaria de que essas palavras fossem azuis. Mas, de um azul tão branco que limpasse nossas almas sujas, tão carregadas do lixo dos desejos. Desejos que nos amargam a boca, a mente e as palavras. Tornam-nos órfãos de pais vivos.

Seria uma crônica que chegasse aos locais mais ermos

e mais esquecidos. Cantões onde falta a luz do Sol, o riso de uma criança e excedem tristezas. Chegando lá, seriam palavras-sol, palavras-riso, defenestradoras da escura melancolia. E ao sair, deixassem naqueles rincões a beleza de uma criança e a semente da solidariedade.

Tentei escrever, e não pude, parágrafos louvadores da vida, que exorcizassem os males do espírito daqueles que rezam no domingo, abandonam as orações na calçada dos templos e entram na semana pecando, "ganhando a vida".

Uma crônica que seria lida pelas famílias, nas calçadas e, ao lerem, se dessem as mãos e enchessem o próprio céu turvo da vida de um arco-íris de amor. Um arco-íris que se ligaria ao do vizinho e ao do outro vizinho... formando um brasão multicolor — proteção da cidade e do mundo contra os defensores da hipocrisia.

Seria uma conclamação ao exercício do verbo ser, esquecendo um pouco a assiduidade acachapante do verbo ter. Seríamos mais gente, seríamos mais felizes, seríamos... Teríamos menos posses, teríamos menos ambições, teríamos só mais amor. E, conjugando o verbo novo, andássemos pelas ruas com uma flor na lapela.

Teria a simplicidade de relembrar, a todos os casais, as juras simples e os beijos doces e juvenis, pastoreados pela Lua. Faria com que os namorados fizessem mais planos, e os casados, consumidos pela rotina, se dessem os lábios, ressequidos pelo tempo, e os umedecessem com novos beijos e com o orvalho das minhas palavras.

Ou, quem sabe, poderia ser apenas um simples bilhete, plantado por debaixo das portas, anunciando um novo tempo, convidando a todos para a construção deste novo dia: obra dos simples de espírito, dos plenos de humildade e dos arautos do agora. Seriam legionários sem exército, teriam como defesa o coração, uma palavra limpa e amiga. E, como única arma de fogo, um sorriso-carabina para derrubar o escárnio dos discípulos da impossibilidade imobilizante. Sossegariam apenas quando arregimentassem a todos: pobres e ricos, altos e baixos, velhos e moços, otimistas e pessimistas, escritores e leitores...

Sonhei vocábulos grávidos de luz, plenos de solidariedade e pejados de humanismo. Um contraponto ao mundo da escuridão que povoa os nossos jornais, contra-ataque aos times do egoísmo, uma bateria de defesa abatendo a máquina fria dos dias hodiernos.

Seria uma crônica tão bela que traria de volta a crença em Papai Noel, nos Reis Magos e, principalmente, na boa-nova entre os homens. Mas, desculpem-me, não fui capaz.

Aproveitarei o Natal para replantar em mim tudo isso; deixar brotar, vicejar durante todo o ano e, quem sabe, no próximo Natal, colher os frutos e distribuí-los. "Ninguém dá aos outros o que não tem!", ensina-me um mendigo-rico que passa.

Como não tive crônica, desejo-lhes que o espírito natalino perdure o ano todo em nossas vidas. É pouco, mas é tudo que tenho.

E Acácio conheceu a vaidade

Nosso companheiro Acácio tem uma certa idade. É descabida, é claro, a alcunha que já lhe atribuem: "rapaz velho". Pois é um quarentão enxuto. Embora conservado, sempre preocupado com a forma física — abandonou há um bom tempo carne, conservas e correlatos —, apresenta aquela barriguinha — sinal dos tempos, dos anos e da gravidade. Vem há exatamente vinte e cinco anos, dois meses e doze dias — ou seja, desde o seu natalício dos dezoito anos, onde se sagrara cavaleiro — na busca da sua virgem dos lábios de mel. Um misto de excesso de exigências — desproporcional aos seus dotes físicos e financeiros — e de timidez fê-lo um eterno casadoiro. Um homem na busca constante da cinderela perdida.

Acácio vem recebendo uma enxurrada de conselhos dos amigos mais apaniguados pelo deus Cupido. Uns, prescrevem-lhe forma apolínea e, lá se vai nosso herói rumo ao sacrifício das academias, suando em bicas. Já outros, advertem-no da necessidade de um carango mais jovial, e Acácio, amante do Santana, passa a ser visto pelas ruas, constrangido, na direção de um carro esportivo. Tudo vale a pena quando a princesa não é pequena.

Semana passada, nosso herói de província foi interpelado por um de seus amigos. Este lhe atribuía a miopia como um dos fortes responsáveis pelo seu insucesso na carreira de Don Juan dos trópicos, aliada àqueles óculos horrorosos. Como não havia pensado nisso antes?, indagou-se, recluso à solteirice ensimesmadora do seu quarto.

Levantou-se, pôs os óculos e rumou para o espelho do banheiro. Olhou-se de frente, afastou-se, avaliou, fitou-se de perfil e... realmente, aqueles óculos de míope poderiam ser os responsáveis pela sua vacância amorosa, pela ausência, em sua casa, de um cobertor de orelhas. Enfim, da sua Julieta ainda não se lhe fazer presente.

No outro dia, cuidou de indagar a um colega ligado às modernices — falam até que ele anda de caso com um *notebook* de última geração, comprou-o (foi amor à primeira vista) e recolheu-se envolto em seus *megabytes*. A namorada de carne-e-osso, ao ver a situação, partiu para um tudo ou nada: Ou o *notebook* ou eu?, clamou do alto dos seus vinte e cinco centímetros de salto alto. O referido *nerd* nem pestanejou: abriu mão da garota e ainda fez um *up-grade* no *note*. Mas, voltemos ao caso do nosso companheiro Acácio. O amigo, ao ouvir-lhe a queixa contra a miopia, sacou: Isso se resolve, companheiro! Com um procedimento a *laser*, já era miopia e você volta, lépido e fagueiro, a desfilar pelas ruas, sem seus fundos-de-garrafa.

Acácio dirigiu-se para casa com solução, nome do médico e consulta marcada. A primeira avaliação se deu na mesma semana. Computador vai, exame vem. Fizeram mapeamento da retina e Acácio, vaidoso, fez um pouco as pazes com a modernidade, ele tão afeito ao tradicional. O médico marcou a cirurgia para a semana seguinte, propondo-lhe sua clínica da capital. Teriam mais recursos.

E lá se foi nosso herói em busca da vaidade. No caminho, tendo as léguas para refletir, cuidou de revisitar seu projeto. Entregaria seus olhos a um corte a *laser*?!... Acorreu-lhe à mente uma enxurrada de erros médicos recém-noticiados pela imprensa. Viu-se numa sala gélida, os olhos escancarados, uma agulha enorme enfiando-se por entre as córneas, um erro fazendo o corte mais profundo do que o necessário e... viu-se sem os óculos de míope, mas cego. Quis espantar, para bem longe, aqueles pensamentos; todavia a viagem, quanto mais se aproximava do fim, mais a desgraça crescia.

Desceu na rodoviária em estado de pânico. Pegou um táxi em direção à clínica. Entrou na recepção de pernas bambas. Ao proferir seu nome, percebeu um ar mórbido nos lábios da atendente.

O médico recebeu Acácio e disse-lhe que precisava de um exame adicional e complementar. Acácio deitou-se no leito, viu tudo turvo e escuro ao seu redor. Quis chorar, achou indigno. O médico fez o exame numa maquineta moderna, imprimiu o resultado e proferiu: "Senhor Acácio, o mapa dos seus olhos mostra uma miopia em torno de cinco a seis graus em cada olho. Faremos a cirurgia e o senhor só precisará de óculos para perto, coisa de 0.75".

Era tudo que Acácio precisava: um álibi. "Se não aposento totalmente os óculos, não me serve". Dito isto, jogou-se com um pulo fora da cama, saiu desembestado pelas ruas da grande cidade, e o médico lá no fundo a chamá-lo.

E assim Acácio conheceu a vaidade e, no mesmo dia, o medo o separou dela. Se continua feliz com seus óculos?! Não sei, tão somente caminha risonho pelas ruas, e o médico, espantado com a velocidade de sua fuga, propôs sua inscrição na próxima São Silvestre. Acácio, vaidoso, topa treinar com seus fundos-de-garrafa.

E Acácio conheceu o Carnaval!...

Acossado pelas notícias e pela enxurrada de conclames nas colunas sociais — acrescentando-se a isto uma dose considerável de receio de não se considerar careta, temperado com a fobia de ficar por fora dos assuntos dos bate-papos das esquinas da moda —, nosso personagem, Acácio, decidiu-se por adquirir o tal de abadá, ingresso para o carnaval fora de época na cidade praiana mais próxima.

Na verdade, Acácio era mais apreciador de uma música clássica, de uma MPB. Se ouvisse apenas os apelos de sua alma e do seu corpo, preferiria despender aquele final de semana lendo um bom livro, e descansando. Mas, isso seria motivo de troça entre os amigos. Com certeza, receberia, em dois tempos, a alcunha de rapaz velho. Isso, convenhamos — dizendo de si para si —, seria seu fim. Resolveu fazer ouvidos de mercador aos seus gostos e juntou-se ao apelo barulhento da turba. E lá se foi nosso herói, rumo à praia.

Acácio desceu do carro, banhado, calça de linho, camisa de mangas longas e sapato de camurça. Foi recebido por um grupo que já amanhecera o dia bebendo. Reunidos no alpendre da casa, entregues a uma conversa desconexa, sem serem ouvidos, envoltos numa barulheira infernal — quatro carros apinhados de caixas de som enormes, ocupando todo o bagageiro, cada um deles às alturas, tocando uma música diferente. Da mistura, fazia-se algo novo: o som do caos.

Acácio sentou-se, quis argumentar, mas... se recolheu. Pegou um copo de Coca-Cola e... despejaram dentro uma dose cavalar de rum. "Vai de cuba, mano?!...". Virou-se e não se lembrava daquele irmão, tão cabeludo e fedorento. Consumiu toda a manhã com aquela dose, completando-a, de quando em vez — na surdina — com gelo e coca. "Diluir é preciso!".

A hora do almoço se aproximava a passos largos e... nada. Tão somente, bebida. Atiçava o nariz em busca do cheiro característico de comida. E, nada. Nem barulho de panelas. E aquela zoeira a enervar-lhe o juízo. Ô saudade da minha varanda!, lamentava-se. Exausto e famélico, quedou-se numa cadeira, aos fundos da casa, e capotou. Deu-se um dormir envolto naquela algazarra, sonhando com o feijão-com-arroz de casa.

Foi desperto por um carro de um *boy* que chegava trazendo, no bojo do seu carango, uma eguinha e um infernal pocotó. Olhou e viu a todos em passos que os assemelhavam a jegues, cavalos, muares e correlatos... Esfregou os olhos, imaginando-se ainda nas brumas do sono.

Quando a noite chegou, rumaram para o chamado corredor da folia. Acácio já caminhava à força. Pensou imaginar uma doencinha oportuna para se escafeder daquela tortura. Mas, ninguém lhe ouviria. Foi sendo arrastado no meio da onda.

Ao chegar ao local, viu-se num imprensado. Trocara cinco carros pequenos por várias jamantas de som. Os tímpanos a explodir. Daria seu reino por um protetor de ouvidos. Percebeu que ninguém dançava. Apenas, era-se arrastado num corredor — da folia? —, feito gado.

Foi saudado com maisena, goma e outros pós. Batizado

com cerveja, uísque e... Epa! mijo, não. Mas, encurralado naquele corredor, seguia. Rumo ao que eles chamavam de Praça da Apoteose. E Acácio teve medo. "Meu Deus! Se o corredor é um purgatório, a Apoteose deve ser o Inferno!".

Quis fugir, não pôde. Gritou: "Mamãe!...", e enfiaram-lhe uma série de chupetas fétidas na boca. Tonto, recebeu uma carrada de cotoveladas e tomou não sei quantos goles de líquidos de origens e gostos desconhecidos. Abriu a boca — desesperado, em busca de ar —, e acorreram homens, mulheres e alguns indeterminados, a beijar-lhe os lábios, imaginando-o um devasso. E... foi jogado na Praça da Apoteose.

Redobraram-se os decibéis, injetando mais loucura naquela horda. Horda de loucos!, Acácio a gritar. E o Inferno desceu à Terra.

Jogaram Acácio ao chão, pisaram-no, machucaram-no e rasgaram-lhe o abadá. Seminu, desesperado, ele conseguiu escapar — por entre as pernas dos foliões — e correr para a casa. "Ufa!...".

Ao entrar no alpendre vazio, deu de cara com o velhinho Zé Maria, guarda e zelador daquelas casas de praia. Zé olhou para aquele folião — quase sem roupa; cabelos endemoniados, cobertos de maisena e confetes — e sapecou: "Gostou da orgia, hein doutorzinho?!...".

E assim, Acácio conheceu o carnaval. Se gostou?!... Não dá ainda para se saber, encontra-se descansando num hospital psiquiátrico da cidade.

E Acácio conheceu o "fitness"

Nosso companheiro Acácio andou meio macambúzio com um comentário de uma beldade — uma ninfeta que Acácio andava a arrastar mundos e fundos por um minuto de sua atenção. A jovem cortejada tascou-lhe um "tio" como tratamento ao nosso quarentão de província, um Don Juan empedernido. Foi um balde de água fria, aliás, um tanque de água fria, nas pretensões deste Casanova. Não havendo outro jeito, nosso companheiro recolheu todas as suas armas de conquistador e, derrotado, passou a analisar os despojos desta guerra de Cupido.

Chegou em casa triste, derrotado. Cuidou de recolher-se: era hora de promover um balanço de sua vida. Arroubos de um filósofo enrustido. Viu-se envolto na questão básica: ser ou não ser um velho imprestável para as coisas do amor — eis a questão. Nosso aprendiz de Hamlet pensava em círculos. Nada de conclusões definitivas. Quando de repente, cansado dos aprofundamentos metafísicos, recorreu à televisão — bálsamo da modernidade atual. Se não se resolve as questões fundamentais da espécie humana, nada melhor do que o entregar-se aos apelos da telinha. Viu-se imerso nas telenovelas, envolvido naqueles dramas de folhetim — rasos, largos, adocicados e superficiais.

Na hora dos reclames, um comercial chamou-lhe a atenção. Aparecia um senhor de meia idade, dominado pelas banhas, imerso em gorduras. Surgia um aparelho de "fitness", acompanhado de uma enxurrada de atributos miraculosos. A cena cortava no tempo, via-se o nosso *fatman* entregando-se ao "fitness". Outro corte, e surgia um Apolo travestido de homem. Um verdadeiro milagre! Fechando o comercial, nosso novo homem reaparece cercado de mulheres lindas num paraíso tropical. Acácio não se conteve. "É isso! 'Fitness'! Eis a solução!... Entrego-me a esses exercícios, e adeus gordurinhas localizadas. Nunca mais serei tio. Mulheres, lá vou eu!...".

Acácio sacou de sua caneta, anotou os dados da empresa que comercializava a solução de todos os seus problemas, e cuidou de fazer seu pedido. Pediu pela Internet, com o seu cartão de crédito. Recebeu um e-mail, afiançando que em quinze dias seu aparelho seria entregue. Foram longos quinze dias. Incomodado, e convicto de que seu insucesso no campo das mulheres devia-se ao seu corpo disforme, recolheu-se ao fundão do seu quarto. Examinava-se dia e noite diante do espelho, via-se um Corcunda de Notre-Dame. Revisitando a cena com a ninfeta, achou-a misericordiosa, pespegando-lhe apenas a alcunha de "tio". Ela fora condescendente com aquele ser disforme, pensava entrementes.

O tempo põe tudo no seu devido lugar. O aparelho chegou e, junto com ele, o manual e a fatura do cartão. Preço de tirar o fôlego de um orçamento já apertado. Acácio cuidou de montar o aparelho. Levou mais de duas semanas a ler o manual. Parecia grego para aquele novo Don Juan dos trópicos. Cansado e irado com a sua falta de intimidade com as tarefas manuais, recorreu a um faz-tudo de plantão. O cara veio; na entrada, quebrou seu jarro de orquídeas; mais dois passos, e sujou seu tapete com as botas imundas; ao entrar no quarto, sentou-se com seu jeans surrado na sua cama limpa e... após longas duas horas, e duzentos reais de pró-labore, o aparelho estava pronto para proceder ao milagre de tornar Acácio um *Mister* Universo e... Acácio entrou no cheque-especial. Despediu-se do sujão, travestido de prestador de serviço, e recebeu um telefonema do banco: seu cartão havia sido clonado na transação do aparelho de "fitness".

Companheiro Acácio estava com os nervos à flor da pele. O mundo ruía aos seus pés. Tentara trocar um corpo de quarentão por uma fatura mastodôntica; fora roubado, em pleno lar, por um larápio em pele de prestador de serviços; estava com seu cheque especial estourado, e cancelado... Olhou para aquele aparelho de "fitness" como um possesso. Tenso, passou a comer mais. Hoje, transcorridos alguns meses do incidente, nosso companheiro se encontra cada vez mais gordo — Forte!, prefere explicar.

E assim, Acácio conheceu o "fitness". Se gostou?!... Não dá ainda para se saber, o aparelho encontra-se parado, entregue às moscas. Acácio anda nervoso — comendo mais — e gastando toda sua energia limpando seu nome da relação dos inadimplentes junto ao SPC.

E Acácio conheceu o São João pop

Nosso companheiro Acácio andava longe das badalações. Desde sua última aventura — a sedução pelo "fitness" — nosso amigo mantivera-se meio afastado, recolhido aos seus botões de reflexão. Foi até atribuída ao nobre Acácio a entrada em uma nova seita religiosa, seita esta que prometia o céu na terra em suaves e módicas prestações. Nada foi confirmado, tudo ficando no campo das ilações, suposições e intrigas. De verdade mesmo, tão somente o recolhimento do nosso companheiro.

Mas, última semana, enfim, Acácio foi visto de volta às ruas de nossa cidade. Seus colegas cuidaram de interpelá-lo, fazendo uma certa festa com o retorno do nosso quarentão de província. Aqueles mais ligados às coisas do amor atribuíram seu sumiço ao surgimento de mais uma deusa no panteão amoroso desse eterno Don Juan. Os mais financistas foram logo assacando piadas, ligando o caso às questiúnculas de aperto financeiro, levando então Acácio a um desaparecimento preventivo — "Aquele que um agiota não vê, o agiota não cobra!". Companheiro Acácio, sempre gentil, explicou que simplesmente dera um tempo, os últimos acontecimentos tragaram suas forças, mister se fazia um mergulho interior, busca do velho Acácio de guerra, tão tripudiado pelos últimos embates com as modernices. Todos riram, a dizer: "Grande Acácio! O velho Acácio está de volta!".

Neste interregno, chegou Francis — na realidade, Francisco Felismino Magalhães Furtado. E este, como odiava seu nome de batismo, optara por Francis, sentindo-se moderno, mais em sintonia com os novos tempos. Francis chegou mascando um chicle, o que tornava sua voz rouca mais irreconhecível ainda. Uma mistura de mau português com inglês macarrônico, batido com um caudal de indecifráveis gírias. Quando Francis falava, Acácio decifrava-o muito mais pelos seus gestos e mímicas do que pela linguagem falada — esta, nem um Champolion redivivo conseguiria.

Voltemos ao Francisco Felismino Magalhães Furtado — desculpem-me, ao Francis. Sua mensagem resumia-se a um convite para a abertura dos festejos juninos em nossa cidade. Aquilo, dileto leitor, reanimou nosso Don Juan empedernido.

Companheiro Acácio lembrou-se das festas de São João, das comidas e bebidas típicas — pamonha, canjica, bolo de milho, aluá, milho verde, e tantas outras iguarias. Assomaram-lhe à mente as quadrilhas, as roupas características, os balões, os festejos de casamento na roça, as fogueiras espalhadas nas ruas a crepitar, os rojões a iluminar os céus da cidade, os rostos das crianças acesos com tanta alegria, com tanta festança. Acácio perdeu-se neste mergulho nostálgico. Foi desperto por um safanão de Francis a indagar-lhe: "E aí, *brother* Acá! *Go* ou fica?...".

"Acá?!... Aquilo era demais!". Se nosso companheiro não fosse um cidadão tão afeito aos bons modos, tinha mandado aquele aprendiz de papagaio americano para as cucuias; entretanto tudo foi relegado, em nome das boas normas e do São João que se anunciava.

Acácio foi para casa, revirou seu baú de guardados e sacou suas vestes de noivo do último São João na roça. Parecia ontem, mas aquilo se dera há quinze anos. Bateu a poeira do tempo, cuidou de aspergir seiva de alfazema por sobre o tecido, paramentou-se, maquiou seu rosto, ampliando as costeletas — aproveitando para disfarçar, a lápis preto, a invasão da calvície, prenúncio da velhice. Olhou-se no espelho, achou-se elegante e gritou: "São João! Lá vamos nós!".

Chegou à avenida onde ocorreriam os festejos, estranhou a ausência das fogueiras, deu por todos vestidos com roupas não típicas e ouviu um sussurro: "Aonde este palhaço pensa que vai?". Quando se virou, viu assomar um trio-elétrico, arrastando uma multidão ensandecida. Em vez da sanfona, guitarra. No lugar da quadrilha, um carnaval. Os fogos saudavam os políticos, não a festança. Acácio fugiu com lágrimas nos olhos.

Em casa, tirou a roupa e rumou para o abrigo da sua biblioteca. Cabisbaixo, deu por Machado de Assis na estante. Acácio indagou ao Bruxo do Cosme Velho: "Mudei eu, ou mudou o São João?".

E assim, Acácio conheceu o São João pop. Se gostou?!... Ainda não sabemos, Acácio iniciou outro período de reclusão voluntária. Coisas de um saudosista.

E Acácio conheceu o Urso!...

Dizem que o nosso companheiro Acácio, herói da nossa última história, recebeu alta do tratamento psiquiátrico a que vinha sendo submetido. A experiência com o Carnaval deixara marcas indeléveis em nosso amigo. Explico, dileto leitor.

Traumatizado com tudo que lhe acontecera na sua estreia carnavalesca — não me peça muitos detalhes, o fato também chocou este pobre escriba de província. Poupe-me, leitor amigo. Se por acaso desconhece o ocorrido, busque a história passada, e leia. O fato repercutiu em demasia na cidade, e é capaz de algum dos meus leitores ainda dispor de algum exemplar do periódico (procure, eles não são muitos, o último censo do IBGE fala em uma dúzia. Como no final do ano, os dados apontavam minha performance na casa da meia-dúzia, apareço dentre os escritores com crescimento percentual mais vertiginoso — cem por cento em quatro meses! São os dados e, contra eles, não há argumentos — nem literatura — que resistam. Falam até que eu já ameaço os *best-sellers* de plantão. Mas, voltemos ao nosso querido Acácio, que espera ansioso e sozinho pelo fechamento desta minha longa digressão) —, Acácio fugia de qualquer pancada de pandeiro. Um batido mais forte já lhe fazia mudar de calçada. Carro, com som às alturas, levava-o a correr quilômetros, desesperado. Não queria mais saber de batuque. Praia?!... nem pela tevê. Seu médico recomendara descanso, calma, suco de maracujá e... tempo.

Sim, tempo! Este senhor que se mete no meio dos nossos traumas, apagando sintomas e costurando nossos restos.

O tempo foi passando, e Acácio, digamos assim, foi se reintegrando à rotina da cidade. Em duas semanas, conseguira sair à rua — fora na esquina e voltara. Ao fim do primeiro mês, ouvir música — música clássica, baixinho, é claro! E assim, Acácio foi vivendo.

Certa vez, vésperas do período momesco propriamente dito, o nosso herói caminhava por entre as ruas da nossa cidade. Cabisbaixo, pensativo, envolto nas digressões comuns a um burguês bem alimentado, que anda a trocar pernas pelas ruas. Nada de muito importante, digno de nota, apenas a mente solta, sem rédeas, a matutar. De repente... pum-bum, pum-bum, pum-bum!...

Nosso Acácio foi voltando ao chão, divagara tanto que andava pelas nuvens, e reconheceu o som. Tudo lhe veio à mente. Barulho, música às alturas, maisena, pancadas, o corredor da morte (desculpem Acácio, corredor da folia), a imolação do seu corpo na Praça da Apoteose... Enfim, tudo retornou, intenso e vivo, aos olhos do coitado. Quis correr, não pôde. Viu uma porta aberta e, não "contou pipoca", embiocou casa adentro. E aquele som: pum-bum, pum-bum, pum-bum!... Agachou-se próximo ao parapeito da janela e ficou, escondido. Quando o barulho se aproximou, uma horda de meninos saiu da casa em direção ao som, aos gritos: "É o Urso!... O Urso está na rua!...". Meu Deus, antes era uma eguinha, e seu pocotó, agora a turma extrapolou. Trocaram a égua por um urso. Estão cada vez mais loucos!, concluiu Acácio, mais encolhido, trêmulo de medo. Ô saudades do meu hospital psiquiátrico!, arrematou.

Como a criançada corria em direção ao Urso, e só se

ouviam risadas gostosas, e felizes, da meninada, Acácio, invadido pela curiosidade — única coisa que vence o medo, com folga —, levantou-se e, com muito cuidado, olhou pela fresta da veneziana. "O que se passa na rua em frente?". E viu...

Um grupo de jovens, fantasiados a caráter — um deles era o Urso —, com uma pequena batucada, dançando um carnaval simples e puro. Toda a criançada ao redor, plenos de felicidade com aquele festival mambembe. Não tinham *megawatts* de potência, mas tinham *gigawatts* de criatividade e candura. Desprovidos dos zilhões de decibéis dos trio-elétricos, proviam a rua de risadas e do verdadeiro espírito momino. E Acácio viu, nos rostos daqueles meninos e jovens, um halo de satisfação, que prescindia de bebida e outras drogas. Viu a felicidade a brincar na rua, em olhos puros e belos, colhida na tradição, que, apesar de todos os modernismos e à revelia dos arautos das estrangeirices, persiste e está viva em nossa cidade.

De repente, Acácio viu-se rindo daquelas pândegas, batendo com o sapato de camurça ao chão, acompanhando o batuque do Urso. Uma criança, ao vê-lo à janela, aproximou-se, ofertou-lhe a mão, dizendo: "Venha, tio! Vamos acompanhar o Urso. É Carnaval!...". Foi de uma candura tão forte que nosso herói emocionou-se. Recuperando-se, deu a mão àquele menino, e saíram a brincar o carnaval.

E assim, Acácio conheceu o Urso. Se gostou?!... Não dá ainda para se saber, encontra-se comprando uns trapos de pano, dizem que quer ser Urso no próximo Carnaval. A burguesia já o tem na conta dos loucos.

Uma chuva lavou o dia

O inverno já havia emitido sinais de adeus, despedindo-se de nossas vidas. Com sua saída do nosso mundo, o verde, que trouxera a cor da esperança a este torrão — verde e esperança há muito não vistos —, também nos deixaria. As montanhas perderiam a névoa da paz; nossas matas seriam novamente cobertas com a roupa carcomida do cinza; os nossos rios, riachos e córregos secariam; a esperança se aposentaria da mente dos sonhos, e o verão reinaria na natureza e no coração dos homens de nossa província.

Mas... algo se deu: o inverno se rebelou e resolveu perdurar, trazendo de volta uma chuva naquela tarde junina, lavando caudalosamente o nosso dia.

Com isso, a província recobrou o verde, e os seus habitantes continuaram passageiros da utopia.

E uma espécie de milagre foi visto se espalhando pelas ruas da cidade.

Um repórter, que andava a maquinar uma matéria que falava de intrigas, instilando a dúvida maldosa por entre a matéria jornalística, viu suas pérfidas linhas serem lavadas pela chuva caudalosa. A água limpou as letras virulentas e o jornalista voltou para o batente. Na folha, agora alva, viu-se escrevendo uma reportagem que semeava paz e amor — coisas que há muito não fazia.

Um político, que se preparava para urdir mais um golpe contra o povo, arquitetando, na calada da noite, um acordo que pensava em tudo, menos nos desígnios de sua cidade, foi surpreendido por aquela mudança de clima. Tomou um banho no meio da rua e caminhou para a tribuna política, fazendo um discurso que defendia, pela primeira vez, o público e menos o privado.

Um comerciante, que criava uma promoção falaciosa, coroamento de um embuste contra os consumidores, teve seu ponto comercial lavado naquela tarde junina, escorrendo seus preços espoliadores. Tomado pelo espírito da chuva, apôs, nas plaquetas, valores justos, vendo, finalmente, seus clientes como amigos.

Um professor, locupletado de apontamentos antigos que falavam mais em desesperança do que em alegria, flagrou-se animado pelo tempo e preparou uma aula que analisava o passado, mas que anunciava um novo amanhã. E, seus alunos, em parceria, viveram, juntos, um novo aprendizado, coisa que há muito haviam esquecido.

Um casal que comemorava desapaixonadamente as suas bodas de prata, carcomido pela ferruginosa rotina, ao ver os pássaros cantando com as trovoadas, rompeu a pasmaceira daquele relacionamento em jazigo, e foi fazer uma nova e cálida lua-de-mel em plena tarde fria.

Um empresário, industrial que vivia a matar a natureza para colher seus cobres frios, percebeu um frêmito em seu peito e correu a salvar o nosso rio. Fechou os esgotos de suas fábricas e incentivou seus colaboradores a plantarem a vegetação, que ele antes destruíra.

Os vereadores, vendo o verde voltar, eles que nunca se lembravam dos desvalidos, prepararam uma moção de apoio aos pobres, denunciando todas as formas de injustiça.

Os médicos e enfermeiros da nossa cidade, trabalhadores que usavam branco nas vestes, mas carregavam o escuro na vista, vendo os bem-te-vis em festa com a estação chuvosa, acorreram aos leitos dos pacientes, falando de amor, prescrevendo atenção, eles que, antes, só ofertavam um tratamento mecânico e vazio.

A chuva foi tão benemerente para a nossa cidade que até este reles cronista, que só escrevia crônicas sem brilho, acorreu alegre ao seu texto, e fez um relato luminoso, falando da chuva que lavara o nosso dia.

Escritores infelizes

Terminei meu expediente e resolvi perambular pelo centro da cidade. Eram dezoito horas e decidi passar no café para ver se encontrava alguns amigos, jogar uma conversa fora, relaxar os músculos e, restabelecido, rumar para casa. Chegando ao local, encontrei-me com dois conhecidos que conversavam detidamente. De longe, nem sequer imaginava o assunto. Mas, como eram escritores: ela, poetisa de versos brilhantes e talento promissor; ele, poeta já maduro, enveredando pelo terreno da prosa, e já construtor de textos sublimes; imaginei que se tratava de literatura. Como sou gamado por esse tema (e disso não peço segredo), cuidei de me aproximar, pedir licença e sentar à mesa. Estabeleceu-se aquele silêncio. Não se tratava daqueles silêncios mordazes, que deixam o recém-chegado sem jeito. Era apenas um silêncio de quebra de frase para saudar o novo companheiro e, assim sendo, logo entabulou-se a prosa. Não se passaram dois minutos, perguntaram minha opinião. Falavam das últimas crônicas publicadas nos jornais da nossa província. Analisavam uma a uma, metodicamente, com todo o zelo e o aprumo de quem domina as letras. Eu fiquei meio capiongo, porque uma das tais era minha. A gente tem um carinho danado com os filhos, e aprendi que isso também se dá com as letras. Quase que pedi permissão para me retirar. Certas conversas, principalmente abordando nossas falhas, dão-se melhor longe de nossos olhos e ouvidos. Preserva-se o filho-crônica, faz-se o julgamento com isenção, pela distância do abordado, e, de quebra, mantém-se a amizade. Entre mortos e feridos, salvam-se todos.

Quando fiz menção de me levantar, fui detido pela mão amiga da poetisa. Ela me indagou:

— Como você consegue, de um fato corriqueiro, tecer uma crônica?

Eu, que nunca parei para examinar o exercício de escrever, fiquei meio rubro. Tentei formular uma tese de efeito, mas, à mente, não me veio nada. Escrevia pelo simples fato de gostar de contar histórias e, dentro delas, transmitir mensagens. Elas nasciam... Sei lá, não sei como elas nasciam. Seria melhor dizer, elas surgiam, invadiam meu peito, meu cérebro e só me deixavam em paz quando eu as materializava, escrevendo-as. Voltei-me para o colega de mesa, escritor já maduro, eu apenas um iniciante, cometendo meus inevitáveis erros, aprendiz de ofício. Mas, o outro escritor apenas abriu um sorriso indecifrável, daqueles de romance inglês. A poetisa, como não recebeu resposta, abriu-se em uma sentença que, para mim, foi constrangedora:

— Eu tento. Sento-me para escrever. A crônica me invade, enche meu interior, mas não sai... Tenho até vontade de meter o dedo na garganta e expulsá-la de mim.

Dizendo isso, baixou a face de moça branca e chamou o silêncio. Todo escritor, novato, experiente, fraco, brilhante, já passou pela doença que mais detestamos: a prisão literária. Algoz dos beletristas, faz qualquer um de nós gemer sem sentir dor. Nós acompanhamo-la no recolhimento. Era o mínimo de solidariedade àquela vítima, tomada por um mal literário tão perverso.

Tal fato invadiu nossa mesa e baldeou nosso "happy-hour". Cuidamos de encerrar a conversa, fechar a conta e rumar para nossos lares. Lá chegando, tomei meu banho, jantei frugalmente. Li um pouco e me deparei com um dos versos da poetisa de crônica contida. Era um poema arrebatador, urdido com as palavras certas, com a métrica inigualável, e pensei: "Nunca fiz um poema. Como ela consegue, de um fato corriqueiro, tecer um poema assim?".

Recolhi-me ao escritório, peguei uma folha branca e pensei: "Acho que hoje farei meus primeiros versos!". Fechei os olhos, esperando ser invadido pela inspiração e... nada. Levantei-me, abri a janela, procurei ver o céu tomado pela lua e pelas estrelas, deixando que os influxos mágicos do firmamento trouxessem o Olimpo para mim e... nada. Sentei-me, fiz força, crispei os dedos no teclado... Zero. E quanto mais forçava, mais a prisão poética aumentava. Com a testa molhada pelo suor da continência poética, exausto, rasguei a folha branca que assistia a tudo impassível. Larguei aquela vida e fui forçar o sono. Quem me viu dormir? No meio da noite, levantei-me e, como expiação daquele mal, entreguei-me a escrever uma crônica. Ela saiu num jorro, forte e bela como nunca antes vista, evacuando-me. Após isso, dormi.

Naquele momento, no outro lado da cidade, a poetisa forçava a sua crônica, desesperadamente. Ao final, cansada e trôpega, fez um verso que falava de branco, de mesa branca, de alma clara... Foi um dos mais lindos que esta província já produziu.

Naquela noite a cidade dormiu, respeitosa, com mais duas bênçãos conseguidas: um poema e uma crônica. E um par de escritores infelizes: uma poetisa, triste porque não edificava crônicas, e um cronista, cabreiro porque não se fez poeta. É a vida!...

Helena

Cheguei em casa, cuidei de me isolar no quarto. Faltava-me coragem até para ligar o som. Aquele aparelho de CD era o meu fio-terra, desenergizar de um dia tenso e, muitas vezes, insípido. Mas, naquele momento não queria saber de som nenhum na minha vida. Estava naqueles dias, fundo de poço. Escuro, profundo e sem perspectiva de saída.

Tirei mecanicamente a roupa, livrei-me do sapato e caminhei pelo quarto, sem rumo. Quando dei por mim, vi que andava de meias. Sentei-me na cama, entregando-me à gravidade, aspirei um pouco de ar, tentativa de revigorar o peito opresso, e fiquei cabisbaixo. Uma nuvem de pensamentos corvos a me cercar o juízo e a memória. Que estado estranho?!

Levantei-me à força e rumei para o banho. Joguei-me debaixo do chuveiro e a água veio acompanhada de uma cascata de pensamentos desconexos, mas tristes. Onde andam meus amigos? Que farei agora da minha vida? Um vazio cerrava meu peito e não sei se parte daquela água que rumava para o ralo não eram minhas lágrimas. Estendi o banho o mais que pude, como para fugir da melancolia lá de fora. Tendo que sair, saí, pé ante pé. Lentamente. Enxuguei meu corpo com uma lassidão enorme. Sem gosto, de forma mecânica. Vi meu rosto no espelho do banheiro e não encarei a mim mesmo, baixando a face escura e sorumbática.

Coloquei meu calção e segui para a varanda da casa. Armei minha rede, larguei nela meu resto de corpo e fiquei a elucubrar. Nada de nexo, só muito banzo. Meus filhos passaram por mim, beijaram minha face, força do hábito. Rumaram, com seus gritos estridentes e pejados de vida, para o quarto, na busca dos seus video games. Minha esposa chegou cansada, beijo nos lábios frios e seguiu para o banho da noite. Fiquei só. Ninguém deu por mim. Entregue à sorte daquela carga de azar do mundo. O jantar foi posto, comemos protocolarmente. Os filhos recolheram-se para as tarefas da escola. Nenhuma pergunta me foi dirigida, tábua que provaria a minha tênue utilidade naquele meu lar. Minha companheira alegou cansaço, início de uma crise de cefaléia e cuidou de se recolher mais cedo.

Enfim, só. Só com o meu mundo. Só com a minha falta de utilidade, carregado de tristes pensamentos. Escravo do nada. Fechei os olhos e deixei-me conduzir, sem forças para reagir, pelas ondas tenebrosas daquele barco de mágoa. Onde andavam meus companheiros? Onde andavam meus amigos, que não me viam, que não atentavam para aquele meu vale de lágrimas? Sequer uma palavra redentora. Nenhum convite para um riso. Nenhuma piada sem graça, corda para me puxar desse pântano, onde me afundava num lodo medonho. Surgiram, de repente, uma plêiade de pensamentos do passado: meus risos de infância, minhas brincadeiras de juventude, meus sonhos de madureza... Para onde eles foram?

....

Não sei se dormi. Não sei quanto tempo fiquei nesse exercício de homicídio mental. Cristianizado, nesse calvário de tristezas tantas. Fui sacado desse mundo por umas pegadas leves e por uma sensação de que estava sendo vigiado por alguém... Abri os olhos, levantei a face e...

Vi junto a mim, sentada em uma cadeira ao meu lado,

silente, Helena. Quem era Helena?, você há de indagar. Minha esposa, minha filha que não tive, minha amiga de trabalho? Não. Helena é a nossa empregada doméstica. Uma pessoa com quem a gente sempre se relaciona protocolarmente. Muita ordem e pouca estima.

Cuidou de indagar, rápida, se me atrapalhava. Eu, imediatamente, disse: não. Mostrou-me meus livros que ela havia trazido e posto sobre a mesinha de leitura, junto à rede. Baixou os olhos. Indaguei por que sentara ali, ela que gostava de se recolher cedo, hábito do seu sítio, para madrugar com os pássaros e despertar com o Sol? Ela, timidamente, disse que me vira entrar calado, não me vira ligar aquelas músicas estranhas, não me ouvira cantar no banheiro, não me observara lendo — o senhor, maluco pelos seus livros —, não brincara com ela, recolhera-me à rede e ficara calado e só... Ela, preocupada, cuidara de buscar minhas leituras, trouxera meus óculos e ficara vigiando-me. "O tempo tá perigoso, Seu...!". Engoli a seco.

Ao me levantar, dei com meus chinelos embaixo da rede, eu os esquecera. Helena cuidou de me entreter com seus comentários de vida simples. Começou a falar dos coelhos do quintal, do bem-te-vi que cantava no coqueiro da vizinha, dos filhotes da gatinha Esmeralda... Enfim, invadiu meu mundo com a sua singeleza que me abriu em um riso de canto de boca, mas um riso. Um bendito riso.

Conversamos a perder de vista. No final, recolhi-me mais leve, salvo, por Helena, daquela guerra de tristeza. A única pessoa que entendera, e salvara, o meu dia. Eu que sempre fora um presente de grego para ela.

"Eu sou plebeu, ela é nobre...".

Antes de entregar-me ao sono, cuidei de revisitar a *Ilíada*, de Homero.

Lição de coelho

Meus filhos insistiam que tivéssemos um animal de estimação. Preocupados com a alergia do mais velho (e por que não dizer com os tolos cuidados com a decoração da casa), fugíamos dessa promessa e íamos ganhando tempo — o velho jogo do procrastinar, tão comum aos pobres adultos. Mas, certo dia (tudo tem um certo dia), deu-se o atendimento às orações dos meus filhos (paizinho, Deus atende cem por cento dos meus pedidos, bradou meu Mateus. E se há de convir: ele é xará de um dos discípulos do Mestre!). Artur, meu primogênito, riu soberano.

O inesperado se fez verbo. Chegou em casa um casal de coelhos. Como se deu? Você há de perguntar. Calma, apressado leitor. Darei todos os detalhes. Aquiete-se aí e siga comigo a trilha dos coelhos.

Nossa ex-empregada, que tinha ouvido as orações diárias dos meus rebentos, e percebendo a enrolação dos genitores, resolveu dar o caso por encerrado, pôs sua mão dadivosa no meio do nosso caminho e presenteou-os com dois símbolos da páscoa. Chegaram de viagem numa caixinha com furos, para permitir a entrada de ar. Eram de uma cor tão branca e de olhos tão limpos que constrangiam a nós, adultos, de alma e pensamentos tão sujos. Foram recebidos com um ritual raro em minha casa. Nós, que já tínhamos comprado presentes caros, acomodados em caixas suntuosas e belas, capitulamos. Os coelhos venceram. Vitória do bicho contra a burguesia. Soltos, pularam pelo nosso terraço como dois saltimbancos e mexeram suas narinas róseas, auscultando o ambiente. Cumularam-nos de um branco há muito tempo não visto. Meus dois meninos, filhotes dos video games, renderam-se, e nós vimos felicidade em seus olhos.

Foi uma revolução. De repente, não mais que de repente, um casal de coelhos se fez encanto, pôs no nosso mundo mais contentamento, de repente, não mais que de repente... (ando parodiando demais nos últimos tempos. São as boas influências da literatura).

Chegada a hora do almoço, deu-se um imbróglio: o que um coelho come? O mais novo bradou por cima da sua montanha de inocência e sabedoria: — Cenoura, ora essa! — Só cenoura?, interpelei. Não me responderam, correram os dois e puseram uma montanha de cenoura na varanda. Amanhã não teremos verdura, concluí, resmungão.

À meia-noite, cansados e alegres, cuidamos de nos recolher e deu-se o segundo embate filosófico do dia: — Onde pôr os coelhos para dormir? Os filhos, hábeis promotores, defendiam a causa, fundamentados na ecologia e no bom-coração, de recolhê-los no cômodo dos proprietários: as crianças. Os pais, ancorados no mando, decidiram pelo quarto de despejo. Ganhamos, recorrendo à ditadura dos genitores, mas sem antes ouvir um indefectível: — Sem coração!

Passaram-se dias, as crianças em festa. Banhos, afagos e novas descobertas do mundo animal. Uma delas: coelho come tudo! Só cenoura, é papo de televisão.

Como o tempo corrói até ferro, os coelhos comendo a grama do jardim, as flores bissextas dos jarros da minha esposa e a paciência de Helena, nossa secretária, deu-se um julgamento, seguido de uma decisão arbitrária e irrecorrível: trancafiem os coelhos no quarto do antigo cão. Nada de bicho solto pela casa. Não nego que o clima fechou. Os sorrisos sumiram das faces dos meninos, e senti uma atmosfera de rebelião armada. Mas... o tempo foi passando, novos brinquedos foram chegando e... a pena de reclusão dos coelhos foi sendo esquecida. Com um mês, a fêmea não resistiu e capitulou (não resistiu à dor da masmorra?). Cuidei de fazer o enterro longe dos olhos das crianças: medo do julgamento sumário e do título que poderiam me imputar: assassino. Deus me livre! Helena, santa Helena, foi a coveira. Capiongo, voltei pra casa.

Certa manhã, acordei sorumbático. Saí para caminhar e... lembrei-me do coelho preso. Encostei-me ao seu quarto-cela, abri o portão e vi: um coelho enorme, branco como a neve. Estava de costas. Emiti alguns grunhidos para chamar sua atenção, ele voltou-se e, enquanto esperava uma flechada do seu olhar, chamando-me de carrasco, ele caminhou em minha direção. Fez festa com o retorno deste pai-pródigo, lambeu-me os pés e abriu-me sua alma pura por sobre o meu escuro mundo. Apesar de todos os pesares, fez-me mais branco, fazendo-me sabedor de que um coelho traz-nos sempre o perdão. Dá sorte!?...

Meu Bem-te-vi

Sou filho de uma pequena localidade e trago comigo a honrosa comenda de ter vivido prazeres que as crianças das cidades grandes, infelizmente, desconhecem. O prazer de um banho de açude; a liberdade volumosa de um mergulho no rio em dias de enchente, preso a uma câmara de ar, barco inebriante. O jogo de futebol, a nossa saudosa pelada, nos descampados dos sítios, longe da rua. Prazer da caminhada, repleta de anedotas picantes, iniciação à masculinidade sonhada. A alegria da coleta da fruta no pé: manga; goiaba nos seus galhos emaranhados e traiçoeiros; azeitona que "azulava" nossas línguas e nossos mundos; ata, que nós sempre rejeitávamos o nome sulista de pinha, e tantas e tantas outras. Parecia que nosso mundo era dividido pelas estações das frutas. Mês da manga, mês do caju, mês da ata, mês da goiaba... Calendário maravilhoso, bendito pelo néctar daqueles frutos e reverenciado pelas crianças. Hoje, dói-me nas veias a "prisão" dos meus filhos. Banidos do prazer das coisas virgens, crias do iogurte e das frituras que empestam suas vidas. Os meus cuidados de pai, rede protetora excessiva, espanta deles a liberdade e o prazer do novo. Mas, voltemos ao tema que me trouxe aqui.

Como sou filho de província, mesmo migrando para a metrópole em busca de "ganhar a vida", percebi, com o tempo, parafraseando um amigo meu da Paraíba, que a gente sai da pequena cidade, mas a pequena vila não sai da gente. Vou provar que isso se deu comigo, para minha fortuna, é claro.

Fiz meus estudos iniciais. Premido pelas necessidades de continuar meu aprendizado, migrei para a capital. Essa aventura foi dramática e, ao mesmo tempo, cativante. O pequeno menino conseguindo vencer o temível monstro do desconhecido. Nessa batalha de adaptação ao mundo-novo, joguei fora vários hábitos, esqueci várias coisas da minha origem. No início, atribuía tal fato aos ritos de iniciação, imprescindíveis naquela nova tribo. Com o passar dos dias, aquele abrir mão de um sotaque aqui, de um modo de se apresentar ali, foi invadindo sofregamente o meu ser que, em um piscar de olhos, deparei-me com a vileza de suprimir meus troncos, de me orgulhar e me esforçar para esquecer as minhas raízes. Idiotamente, vi-me praticante do exercício mais torpe de mudar meus modos para adentrar com unhas e dentes no mundo maravilhoso da burguesia da grande cidade. Os estudos foram um bom álibi e, algumas vezes, cartão-passaporte para entrada por essas portas novas. Tudo que brilhava para mim recendia àquele novo e perfumado mundo. Aquilo que cheirava à província apresentava mau cheiro.

Entreguei-me de cabeça nesse jogo. Lutei com a força de um Golias num corpo de menino Davi. Não medi esforços. Entreguei-me de todo, não medi tempo nem dedicação. Agarrei-me à tábua da educação, como um obstinado. Não queria ser condenado ao fracasso. Educado, preparado, entraria na universidade, alcançaria o diploma de nível superior, pleitearia um bom emprego. Enfim, far-me-ia um burguês. Desse modo o fiz.

Hoje, vejo-me: formado, empregado, casado, burguês. Alcancei todos os propósitos materiais a que me propus. Mas, sinto um vazio no peito. O que me falta? Não sei. Só sei que algo me suprime. Um não sei o quê.

Imerso nesse estado de espírito, entreguei-me, mecanicamente, a mais uma noite de sono. Digo sono, não sonho. Fazia muito tempo que não sonhava. As noites eram apenas um escorrer de horas de relógio, lentamente. Vi-me, de madrugada, insone. Levantei-me, caminhei cabisbaixo pela casa e dirigi-me à cozinha. Automatamente, com olhar perdido na penumbra de um dia que se avizinhava, tomei um gole de água mineral artificial. Minha mente foi invadida por uma multidão de pensamentos. Parecia um filme antigo que se projetava perante os meus olhos: a água gostosa da cacimba, o sonhar de criança à noite toda, o pingar da chuva no beiral da casa, respingando dentro da rede, os cangapés na lagoa, o cheiro do lençol branco e velho na rede macia, as frutas doces de cada estação, os doces caseiros de minha avó... Essas cenas me cercaram.

De repente, ouvi algo. Parei e fiquei atento. O som se fez mais claro. Cuidei de abrir a janela em direção à manhã que raiava. Era o cântico de um pássaro. Procurei-o por entre as folhagens da árvore do meu jardim. Vi-lhe a plumagem verde-amarela e senti no peito a força de seu chamado: "Bem-que-te-disse!... Bem-que-te-disse!...". Seria o Bem-te-vi do quintal da minha infância? Saí de casa feito um celerado e corri para debaixo da folhagem. Nem me apercebi de que estava desprovido de vestes. Não importava, queria localizar a ponta do meu mundo primevo, perdido nas renúncias lentas, graduais e desnecessárias da minha iniciação na burguesia malsã. Mas, não vi o pássaro... Passei a chamá-lo, desesperadamente: "Meu Bem-te-vi? Meu Bem-te-vi?...". Aquele lamento varou a manhã e só recebi como resposta o meu eco: "Te-vi?... Te-vi!... Vi?... Vi!...".

Voltei para dentro de casa. Tomei, pela primeira vez, um

banho nu, na bica do quintal, cantando uma melodia romântica que me lembrou minha princesa de infância: minha Biscuí. Acordei minha mulher, outorguei-lhe o título de rainha, e meus filhos, saudados como príncipes. Fomos acompanhar o amanhecer na beira do rio mais próximo. Não era como o da minha província, mas era o melhor que aquela rota cidade tinha. Ao retornar, divisei as plumas de um pássaro por entre as ramagens. Era o meu Bem-te-vi redivivo? Não importa. A sua lembrança já operou o milagre da minha ressurreição, e saí gritando, ao entrar em meu lar: "Bem que eu te vi! Bem que eu te vi!...". Meus garotos riram com a minha marotice, mas não entenderam nada. Depois eu explico.

Fomos todos tomar, juntos, um banho de bica.

Milagre junino

Caminhava ao léu, naqueles dias perdidos, por entre gente como perdida. Fazia tempo que jogara no lixo da vida amenidades como esperança, fé e crença no futuro. Seus passos passaram a ser debochados, não subia os pés, arrastava-os, deixando pelo caminho um seco rastro de displicência. O conhecido "Não tô nem aí!".

Adiava frequentemente os costumeiros, e por isso mais detestáveis, tomar banho e fazer barba. Banira para o poço do esquecimento o janotismo da lavanda no corpo. Parecia sujo, cheirava a mofo e suores esquecidos. Nada que espantasse, mas suficiente para passar um recado claro de abandono da vida. Não se lembrava de quando ocorrera aquele entregar-se, aquele gosto viciado pela ausência. Alguns achavam que só Freud explicava: infância sexual reprimida ou coisa que o valha. Era difícil diagnosticar aquele quadro, pois ele também não estava nem aí para as lembranças, para o guardar dos fatos e para as emoções. Não curtia a vida, passava os dias. Não sonhava com o futuro, suportava, pela conta do sem jeito, o presente, e não reverenciava o passado. Bicho complicado e difícil era esse Lauro (aliás, fazia tempo que não ouvia aquele seu nome pronunciado pelos outros). Estava beirando a consecução do objetivo de todo ser casmurro *honoris causa*: o estado completo de anonimato e de transparência na vida.

Voltemos à caminhada de Lauro; a casmurrice e o isolamento são grandes, mas meu espaço neste periódico é pequeno. Essa coisa é gosmenta e insidiosa, pode infestar este humilde escriba, e ele ser vítima deste mal. E aí: nada escrevo, nada digo, só fujo... Acabo em escritor de página branca. *Vade retro!* Vamos aos fatos! Lauro acordara casualmente naquele dia, como vinha fazendo há muitos anos. Nada de despertador, não tinha compromissos. Nada de acordar cedo, isso só o incomodaria com mais tempo para não fazer nada. Deitava-se, entregava-se ao nauseabundo divagar, pensamentos como no vácuo. Dormia automatamente. Nem pensar em sonhos ou pesadelos, somente um passar de horas. Ausência na escuridão da noite. Não acordava, levantava-se, mumicamente. Sem sono, sem nada de abrir de boca. Sem pressa. Levantava-se, ponto final.

Naquele dia, lavara o rosto rapidamente, sem ver a cara no espelho. Bebera um gole de café requentado e saíra sem rumo. Não se lembrara que dia era aquele, pouco importava o calendário. Não tinha norte, só uma vontade de sair, caminhar a esmo, sem lenço, sem documento, displicentemente... Caminhar até cansar a carne. Corpo cansado, bálsamo para os casmurros por opção.

De repente, viu-se no meio de um conjunto de casas cinzas, numa tarde cinza, coberta por um tempo meio nublado, anunciando anoitecer. Vira-se em equilíbrio com aqueles casebres. Corpo lúgubre, casas herméticas. Seus moradores caminhavam cabisbaixos, fechados, recolhidos, em pleno equilíbrio com o meio e com o tempo. Tudo recendia a tristeza. Soltou o espírito, lassamente, deixou-o transitar e imiscuir-se naquele banzo que envolvia a todos feito neblina pestilenta.

Bastaram alguns minutos e deu-se a completa harmonia — Lauro e bairro irmanados na lombra de uma tristeza correspondida. Quase, paradoxalmente, sentiu-se alegre com tanta melancolia, com tanta sina de cabras marcados para sofrer. Aquilo era o éden da casmurrice!

Perdido neste raro divagar, deu-se o ocorrido: ao virar a esquina, mecanicamente à direita, viu, no meio de todo aquele pleno cinza, cinza com matizes de preto. Cores que envolviam povo e casas, num todo. Viu, saindo de um dos casebres baixos de meio de rua, uma garota trajando uma roupa colorida. Um vestido que exalava cores por todos os fios. A menina era contaminada pelo tecido e distribuía sorrisos multicoloridos pelos lábios carnudos. Uma flor no meio daquele asfalto de solidão. Por onde ela passava, com sua saia rodada, como uma maga, espantava o cinza e plantava as cores. Milagrosamente. Até o sol voltou no horizonte, um lindo arco-íris cortou o céu e o dia se fez mais claro.

Lauro parou. No início, preso ao diferente. Depois, surpreso com o milagre. Como uma roupa podia ter tanta força?

Ao passar por ele, a menina girou o corpo, cantou, dançou uma música junina e convidou-o para dançar. O toque daquela mão fez seu corpo despertar. Sentiu de volta o coração bater, o som da canção fez seus músculos relaxarem numa dança febril. Nesse instante, as fogueiras se acenderam em todas as casas do bairro. Janelas e portas foram abertas e invadidas pelas cores e pelo cheiro junino. No final, todas as pessoas colocaram uma flor de sorriso nos lábios, antes secos e sem vida, e se puseram a dançar, acompanhando Lauro e aquela menina com sua roupa milagrosa.

Fez-se São João no coração de todos.

Minha província

Encontrei-te banhada pelo sol da manhã. O passaredo ainda revolteava no véu azul do dia, despedindo-se das tuas ruas e rumando para a mata de teus carnaubais. Mais uma cálida noite, pensei. Só me restava parar e banhar-me com a dádiva serena desse divino recital.

Acho que são os mesmos pássaros da minha infância. Hoje, de volta ao teu regaço, minha província, aguardarei no início da noite a revoada de retorno das graúnas, das casacas-de-couro, dos sanhaços às algarobas, aos benjamins, aos tamarineiros de Santana. Minha querida província que só se recolhe e dorme ouvindo essa sinfonia de pássaros. Coisas de uma cidade encantada.

Já corri milhares de ruas de outros rincões, infelizmente, ruas desprovidas desse musical de aves canoras. E, dentro do meu peito altaneiro e orgulhoso, orgulhava-me de minha Santana. Acho que pássaros há em todas as terras, em todas as províncias, mas a diferença está no coração dos conterrâneos — uns, saúdam-nos com os ouvidos embevecidos; outros, banem-nos com pedradas malsãs, pedras que matam os pássaros e privam os ouvidos da bem-aventurança dos cânticos matinais da passarinhada.

Tento continuar esta crônica em tua homenagem, minha querida província, mas não consigo. Não consigo escrever uma carta de agradecimento ao teu sol tão perto do teu brilho. Não ouso iniciar uma carta de amor tão colado aos teus braços. Fecho o relato e cuido de gozar dos teus amores.

Vejo-me metido por entre as bodegas do Mercado Público. Vestígios do tempo por entre as colunas antigas, heras metidas nas cumeeiras do velho prédio, musgos dos anos nos calçadões de pedra. Paro e penso ouvir o barulho das feiras da minha infância. E, uma saudade de pão doce com caldo de cana invade minha memória. Baixo a face e me envergonho da alimentação frugal que hoje consumo — levou o gosto do meu paladar e não me trouxe a prometida saúde. Corro os olhos por aqueles pontos comerciais, tão longe da malfadada globalização. Os vestidos de chita, as camisas volta-ao-mundo, as lavandas parisienses, as bolas de couro, os carrinhos de lata, os apetrechos de fazenda, os artigos de barro e couro, riqueza do nosso povo — hoje servem apenas aos turistas com o nome de artesanato.

Saio para as ruas e vejo-me jogando pernas pela cidade. Rezo na frente da Matriz de Nossa Senhora Sant'Ana. Recito o soneto "O Palhaço", de Padre Antonio Tomaz, na praça principal da cidade, soneto que me apresentou a poesia, para nunca mais me esquecer dessa divina arte. Passo na frente da cadeia pública. Até teus presos eram bons filhos, Santana. Ficavam pendurados nas janelas com os pés metidos por entre as grades, conversando com os transeuntes, sabendo das últimas, perguntando pelo inverno. Eram, na sua maioria, bêbados que o delegado recolhia — prevenir é melhor do que remediar! — para curar seus porres por entre as grades, tomando água fria do pote grande no fundo da prisão. Caminhei e vi-me à frente do velho cemitério da cidade. Uma profusão de nomes falecidos invadiu os ossos da minha lembrança: Bodô, meus avós, meus tios, os anjinhos... Anjinhos que eram enterrados em caixões azuis e levados por rostos depauperados de mães incrédulas.

Rumei de volta para a casa dos meus familiares. Sentei-me na calçada, esperando a chegada pontual do vento aracati. O tamarineiro da avenida São João anunciou-o com seu farfalhar discreto, e uma brisa lavou a calçada, serenando minha alma. Fechei os olhos e sonhei.

Vi-me correndo o mundo e levando teu aroma no meu corpo, Santana. Lutando em outras plagas, mas conduzindo a serenidade de tuas ruas e de teu povo nos meus braços. Identifiquei, em minha face, marcas de tua velhice, sinais de tua placidez. Sonhei que vomitava da alma todas as sujeiras do pragmatismo forasteiro que me enfiaram na vida. Entretanto, não tinham nada a ver contigo, Santana.

Acordo e fico pensativo. Corro para a ribanceira do velho rio Acaraú e benzo-me com as águas do meu Jordão. Tentativa desesperada de lavar meus males e despedir-me de ti mais puro, minha província.

Pode ser que não resolva, mas me vi mais limpo como há muito não me sentia. Milagres de minha Sant'Ana.

O Caim que salvou Abel

Entrei pelos portões daquele colégio vetusto, a pátina do tempo por entre seus umbrais, as marcas de várias gerações no chão liso pelo tempo. Um cheiro de tradição no ar, e o meu pequeno filho, trêmulo, a segurar na minha mão em busca da segurança paterna.

Adentramos o pátio invadido pelo sol da tarde, a algazarra da garotada a ocupar todo aquele colégio religioso. Tão somente as imagens dos santos, silenciosas e paradas.

Vi-me tomado de conjecturas da lembrança, revisitando meus tempos idos. Voei para bem longe, aterrissando no pátio do velho patronato da minha província. Divisei os olhos azuis da minha mestra — Irmã Regina — a explicar-me as primeiras letras, mas eu nunca reparava no alfabeto, pois seus olhos azuis tinham muito mais brilho do que aqueles toscos símbolos. Senti a mão amiga de meu pai, conduzindo-me por entre o velho edifício; suas mãos gordas, pequenas, mas firmes, a levar-me em direção ao prédio do aprendizado. Ouvi-lhe novamente a voz serena a explicar-me que nos daria algo que nenhum ladrão nos roubaria: a educação. Não entendíamos bem aquela sua máxima, todavia confiávamos na sua veracidade, porque sempre amamos caudalosamente nosso pai.

Não sei quanto tempo levei nessa digressão histórica e sentimental. Fui despertado por um cântico religioso, anunciando a hora da aula. Meu garoto se despediu, carinhosamente, e rumou para sua sala. Fiquei a fitar seus passos, tem o meu jeito, marcas da minha genética em seu andar. O meu eu menino.

Voltei em direção à porta principal, rumo à tarde luminosa que se anunciava escaldante. Nisto, deu-se um fato que me fez parar.

Eram dois irmãos chegando juntos ao colégio. O mais velho, contrito, macambúzio, passos lassos, marcas de um jovem revoltado com o *status quo* do mundo adulto. O caçula, calção curto, pernas grossas, andar bambo e festivo, uma flor de sorriso por entre os lábios de primavera, marcas de uma criança em festa com a vida.

Quando pensei que os dois iam se despedir mecanicamente, o caçula fez um chamado altivo para o seu mano mais velho, indagando-lhe: E o meu beijo?!... O jovem, a contragosto, mecanicamente, baixou a face e recebeu um beijo carinhoso que há muito eu não via.

Resolvi reduzir a velocidade do meu caminhar, tomado pela curiosidade do inusitado. Parado, e em um bom ângulo de observação, atentei bem para a fisionomia desses irmãos: o mais novo, após o ósculo, continuou sua jornada, rumo ao saber, mais alegre ainda. Vi suas pernas tomadas pela fleuma de um lorde. Uma elegância, uma galhardia, que o fazia mais belo. O maior, casmurro, ao receber a hóstia do beijo, foi apossado por um quê de primavera naquele rosto outonal de jovem iracundo.

Até um esboço de sorriso pude divisar por entre as rugas daquela sua casmurrice juvenil. Rumou para sua sala com a divina bênção daquele beijo fraternal. Muito mais lépido. Diria, assim, muito mais redivivo. Senti que aquele ósculo devolvera-lhe a vida.

Saí daquele colégio, varando o calor da tarde, ciente de ter presenciado um Caim que salvou Abel com um beijo-irmão.

O carteiro e os poetas

Partimos de Mossoró rumo a Natal. No caminho, peito cheio de esperança e poesia, a ler trechos de livros, a discutir o futuro de nossos sonhos. Um recital de esperança por entre as curvas da nossa estrada, ligação do sertão ao litoral.

Ao chegarmos, uma tarde luminosa na cidade dos Reis Magos a nos saudar. O brilho do Sol se espreguiçando no beiral das casas, e um leve cheiro de mar nos becos da urbe. No peito, um aroma altivo de jasmim. A literatura a fazer nosso mundo mais belo.

A terra de Câmara Cascudo estava linda, uma noiva em flor. Nós, poetas de Mossoró, seguíramos para a capital do Estado com o fito de distribuir o jornal cultural "Clandestino" para os amigos escritores de Natal.

Éramos os quixotes das letras da província a mostrar, com humildade, textos, poesias, análises literárias, mas, principalmente, nossos sonhos à capital potiguar.

Fizemos o itinerário das livrarias, ofertando o jornal em consignação, fazendo vista grossa aos olhares comerciais de pouco interesse. Quem abraça a cultura como bandeira, sabe que nada será fácil, sabe da luta contra gregos e troianos do pessimismo, que se encontrará a falta de apoio em cada esquina, mas que, mesmo assim, valerá a pena, pois a paixão pela cultura nunca é pequena.

Depois do périplo comercial, almoçamos e, de sobremesa, mais conversa sobre livros. Concluído o culto à barriga, regado a licor de cultura, cuidamos de visitar os escritores. Resolvemos iniciar esta gostosa jornada pelo amigo das letras, um *gentleman* na capital, Manoel Onofre Jr.. Ao nos dirigirmos para sua casa, uma ligação de outro escritor mossoroense, David Leite. Queria saber onde estávamos, ansioso para receber seu "Clandestino". Quando soube que nos dirigíamos à casa de Onofre, mudou seus planos e nos disse: "Estou indo pra lá!".

Ao nos aproximarmos da residência do confrade, demos já pelos dois, na calçada, a conversarem. Descemos do carro, abraçados com jornais e revistas literárias, presentes para aqueles nossos amigos. Deu-se uma festa da cultura nos jardins da casa de Onofre. Nós a distribuirmos nossos exemplares, orgulhosos, e os amigos a recebê-los, como se aquinhoados com um régio presente. Uma espécie de carteiros das páginas literárias de Mossoró.

Onofre e nosso conterrâneo, ao receberem nossos presentes, cuidaram de folheá-los, tocá-los languidamente, perceber a gramatura do papel, acariciar os exemplares e absorver o aroma que exalava de cada página. Nós, eu e João Maria, como se carteiros das letras mossoroenses, ficamos silentes, respeitosos. Entendíamos esse velho e conhecido ritual dos bibliomaníacos.

Alguns minutos se passaram, e uma sombra se nos apresentou. Era o céu de Natal a nos ofertar o seu refrigério, fazendo companhia ao bálsamo da literatura. Ficamos a conversar sobre a nossa paixão pelas Letras, um oásis de calma naquela tarde tangida pelo pragmatismo dos dias de semana.

Em meio àquele encontro, surgiu o carteiro. Entregou as correspondências de Onofre, fazendo uma mesura de corpo, e saiu pelas ruas da cidade.

Deixou no ar uma saudável disputa entre nós, que trazíamos, em mão, correspondências esporádicas, e ele, que as trazia cotidianamente.

Onofre as recebeu, de forma polida, fazendo um discreto muxoxo ao examiná-las. Despedimo-nos e voltamos para Mossoró.

O escritor amigo se recolheu no interior de seu lar; abriu o gabinete, reduto dos seus livros, e jogou, displicente, as correspondências do carteiro oficial — contas de água, luz, telefone... — sobre a mesinha lateral. Sentou-se na sua indefectível cadeira de balanço, com as "correspondências" da cultura no colo. Antes de sorvê-las, uma frase assomou em seus lábios: — Prefiro as dos carteiros da cultura.

O gari leitor

Caminhava pela calçada, quando fui surpreendido por aquela figura humana varrendo a rua. Nós, cavalheiros da burguesia, nunca somos de perder tempo atentando para esses profissionais que, anonimamente, fazem os trabalhos considerados "menores", mas que, na realidade, realizam o milagre de tornar nossas vidas menos caóticas. Veste amarela, boné surrado sobre a cabeça, botas velhas e vassoura em punho. Contido na valeta da avenida, limpando nossos lixos. Sempre espremido e ameaçado pelos motoristas em seus carros velozes. Alguns o saudavam, jogando uma piúba de cigarro aos seus pés; outros, o plástico de um confeito. Sacanamente. Ele não se perturbava, trabalhava sereno. Despertou-me a atenção: o seu manejar rítmico, ondulante, com um porte altivo. Alguma coisa destoava naquele gari. O que seria?

Continuei no rumo de casa. Almocei cedo, descansei um pouco e fui invadido por uma série de pensamentos que assomam em nossa mente, feito horda de pássaros negros, a incomodar nossa consciência dorminhoca. Um desses pássaros trouxe-me nas asas a figura daquele gari. Pensei na missão de cada um de nós. O que nos diferencia? A profissão faz o homem? Ou o homem faz a profissão? Parecia mais uma vítima fácil dos manuais de autoajuda que empestam nossa literatura e vendem o éden em suaves, enganosas e módicas prestações. A humanidade e sua eterna ilusão de vencer sem suor e lágrima. Levantei-me, lavei o rosto, tentando voltar à condição de homem marcado para ser burguês. Casa, filhos, profissão e cada um por si e Deus por todos. Evitar ver e pensar, como forma de manter a mente menos perturbada.

Saí para o trabalho mais cedo, pleno meio-dia. Sol escaldante a invadir ruas e becos da cidade. Ao cruzar a avenida, divisei logo à frente, recolhido em uma esquina, o gari. Terminava seu turno e recolhia suas ferramentas. Cuidadoso, limpava-as, colocando-as no abrigo da sombra, oásis bendito. Cavaleiro com suas armas e seus brasões. Parei e fiquei a observá-lo. Seu agir sobranceiro me intrigava. Resolvi postergar meus passos e, preso pela curiosidade, dirimir minhas dúvidas; matar logo aquela charada. A copa de uma árvore na calçada oposta foi meu abrigo de observação. Simulei um transeunte à espera do seu coletivo. Campo privilegiado. Pude observá-lo a poucos metros, discretamente, sem nada a nos perturbar. Mas, deixemos de circunlóquios, voltemos ao protagonista de nossa história. Transcorridos não mais do que cinco minutos, o nosso varredor já estava com armas limpas e dispostas para o próximo turno, e com sua sombra pronta para a refeição. Abriu sua marmita, envolta em uma espécie de tecido branco e super-limpo, e colheu seus talheres, contidos em um pequeno saco plástico. Pegou de sua moringa e lavou as mãos, cuidadosamente. Dispôs um pano no chão, à frente, e pôs sua mesa. Recolheu-se um minuto, silente em oração. Fazendo o sinal da cruz, abriu seu macacão, apresentando uma camiseta branca sobre um peito forte e varonil. Fez sua refeição com uma majestade digna de fazer inveja a muitos palacetes que povoam os nossos bairros chiques — riqueza nas posses, pobrezas nos gestos e mesquinhez nos modos. "Um gari diferente, muito diferente!".

Não tirava o olho daquele homem. Terminada a sua "santa ceia", tendo o sol e o calor como testemunhas, e um observador discreto que vos relata esse caso, ao invés de entregar-se à soneca costumeira, que todos os seus outros colegas de profissão se permitiam... o nosso gari meteu a mão no bolso traseiro da calça e puxou um objeto pequeno, levando-o ao rosto. No início, não reconheci. "Seria preconceito?". Era um livro! Abriu-o, antes lavou novamente as mãos com o resto de água da moringa, e sorveu aquelas páginas. Era sua sobremesa e sua pausa para os calos da vida. Não me contive, quebrei o meu anonimato. Corri em sua direção e cuidei de interpelá-lo: "Boa-tarde!". Ele ergueu seus olhos, sereno, e devolveu-me a saudação. Identifiquei-me, meti duas frases desconexas pelo meio, e fui direto ao que me inquietava. "Você está lendo?", indaguei. "Sim!", respondeu-me apresentando o livro. Era *Espumas flutuantes*, de Castro Alves. Embarguei a voz. "Onde conseguia?". "Nos lixos das mansões. Eles adoram jogar livros fora. Os clássicos, principalmente. Só faço colhê-los!". Baixei a cabeça, despedi-me e ainda o ouvi recitar. Castro Alves!?... Fez com uma dignidade que nunca dantes tive. Agora, entendo de onde vinham tanta altivez e dignidade. Um gari leitor varreu meu dia.

Naquela noite, antes de dormir, cuidei de limpar a poeira dos meus livros e recitei, em homenagem àquele varredor, um poema que há anos não lia.

O grito desesperado de um jovem

O professor estava concentrado na luta de repassar seus parcos conhecimentos. Mais concentrado ainda na missão maior de dividir, com seus alunos, seus humildes ensinamentos de ética, paz, exemplo e humildade. Uma luta de quixote, no meio de tanto culto ao imediatismo, ao frugal, ao banal.

Ainda não havia se passado meia hora de aula, quando o mestre percebeu o vulto de uma pessoa na portada da sala. A Lua distribuía, dadivosa, seu halo por sobre o campus da universidade, abraçando todos os prédios com seu brilho marmóreo, quase divino. Foi devido a essa luz que ele pôde perceber a silhueta de um jovem. Mas, este se recolheu, e o mestre continuou suas explanações. Não se passaram dois minutos, e uns olhos suplicantes voltaram a assomar na porta da classe.

O professor pediu licença a todos, solicitou que todos refletissem, silenciosamente, sobre o último tópico abordado e rumou para a saída. "Quem era aquele? O que queria?".

Chegando ao corredor, deu com um aluno. Seus olhos estavam carregados de ansiedade, seu corpo parecia tenso, cansado, como se andasse a arrastar o peso do mundo. A boca, entreaberta, parecia deter um grito, prestes a explodir. Enfim, um jovem próximo a um ataque de nervos. Percebendo toda a carga emocional daquele aluno, o mestre cuidou de iniciar uma conversa leve. Tentativa de abordagem respeitosa, cuidadosamente, como se caminhasse por entre um castelo de cristais. Qualquer palavra mal posta, sussurro desmedido, poderia espantar aquele pássaro assustado, e nada poderia ser feito, nada poderia ser dito.

Graças a Deus que o jovem poupou o mestre, despejando: "Mestre, o que faço da minha vida?!...". Surpreendido pela catarata de tensão jogada em seu colo, o professor pôs a mão amiga por sobre o ombro do adolescente. Mais para seu próprio apoio do que para oferecer a mão fraterna. "O que dizer nesta hora, meu Pai?", pensou.

Fitou os olhos daquele quase garoto. Procurou, neles, uma nesga de luz, um parco sinal da radiosa juventude, um simulacro de esperança... Nada. Apenas, um fosso escuro que assustou o humilde mestre. "O que estamos fazendo com os nossos jovens, meu Deus?...".

À sua mente, em golfadas violentas, assomou um filme. Filme de cenas de culto ao sexo vazio, tão comumente veiculadas em nossos meios de comunicação, dinamitando o puro amor. Um corte, e entra novo quadro, desta vez, discursos vazios das nossas lideranças, roubando a esperança do colo de nossos filhos. Em câmara lenta, um tropel de desempregados avulta no próximo capítulo daquela película-memória, e, como tema de fundo, o professor escuta os apelos fantasiosos dos nossos empresários, eivados de mentira. A câmera do tempo se volta e enquadra um grupo de famílias que não conversam mais com seus filhos, a velha pressa vazia, ninguém tem tempo para nada...

Desesperado, o mestre enche os olhos de lágrimas, sua revolta contra os criminosos daquele quase menino. E, chora, copiosamente.

O jovem, preocupado, recolhe o tropel de sua angústia e

sai em socorro do mestre. "Professor, não chore!...".

O mestre enxuga as lágrimas quentes no regaço da camisa, abraça-o e lhe sussurra ao ouvido a única coisa que lhe poderia dizer: "Meu filho, desculpe-nos. Nós não sabemos o que estamos fazendo".

Professor e discípulo, abraçados irmanadamente, saem a caminhar pelo campus. Elaborariam, juntos, uma nova aula, iluminados pelo brilho da monja dourada nos céus, que, em solidariedade, cobria-os cada vez mais com seu halo.

O inverno chegou!

Segunda-feira. Desperto. Estou em plena pasmaceira do acordar cedo (o fim de tarde de um domingo é terrível; pior ainda, caro leitor, é a modorra sufocante de uma segunda).

Afasto o lençol, quentinho e amante; estico o corpo, enrolado ainda na volúpia do último sono e... Pulo fora da cama, porque se continuo com esses prolegômenos (eita, palavrinha boa. Corra ao dicionário, amigo leitor, e saia usando-a em seus discursos de improviso, estupefazendo os idiotas que adoram uma palavra rebuscada, apesar de não entenderem nada)... Voltemos à crônica. Sabia que tinha que me levantar, porque, se continuasse em meu leito, Morfeu — deus do sono — venceria essa batalha, sem muitos méritos. E aí, juntar-se-ia, ao tédio, a reprimenda do atraso em meu trabalho. Fiquemos, pois, tão somente, com a preguiça. Vão-se os sonos, fica o emprego.

De pé, ainda cambaleante, encho os pulmões de oxigênio, procurando coragem na fímbria do novo dia. Ao assim proceder, um cheiro gostoso invade-me a alma. Corro em direção à porta da sala; abro-a e dou com o motivo: céu nublado, grávido de chuvas, prestes a entrar em trabalho de parto de um novo inverno.

Paremos um pouco, dileto leitor. A manhã do nascimento da estação invernosa é por demais excelsa para a pena menor deste cronista. Risco de incorrer em crime de lesa-literatura.

Como descrever um céu azul assim, em êxtase com o

branco, fazendo um amálgama que eu, humildemente, não sei relatar? Apenas, que é de um azul, de um azul... de céu de inverno! Entendeu?

Como colocar, em limitadas palavras, a infinitude de um horizonte prenhe de nuvens carregadas, anunciando o fim do reinado de um Sol renitente, que queimava a tudo e a todos?

Faltam-me vocábulos (ou eles são insuficientes?) para transmitir a beleza de uma alvorada tão cheirosa, prenúncio do milagre do verde nas campinas. Verde que expulsará o cinza, implantando o império da alegria na alma do nosso povo nordestino. Chuva-páscoa, chuva redentora, que limpa almas e corações e semeia a ressurreição da esperança nos lares dos corações mais secos e empedernidos.

Respiro fundo, fecho os olhos, abro os braços. Vejo-me aos gritos de felicidade: Bem-vindo, inverno! Vinde, pai da coalhada! Bendito és tu entre todas as estações!

Um sulista nunca há de entender esta minha declaração de amor. Já vi um paulista descrever um dia nublado como dia feio! Quanta ingratidão! Para nós, vítimas da dor descomunal de várias secas, uma manhã, anunciando uma chuva parideira, é um dos eventos mais lindos que um nordestino tem o prazer de assistir. Faz-me ir às lágrimas, hipotecando-lhe solidariedade aquosa.

Aquela brisa da manhã, anunciação do inverno, expulsou de mim qualquer vestígio da pasmaceira da segunda. Vejo-me tomado, de assalto, por uma força de Golias dos trópicos.

Entro no banheiro, cantando: "... só deixo o meu Cariri no último pau-de-arara...". Molho-me, com uma sofreguidão ímpar, sonhando com um banho de bica.

Salto para a cozinha; tomo o meu desjejum — exijo cuscuz, com leite gordo; tapioca e café —; e despeço-me, lépido e fagueiro.

Na saída, um vizinho, vendo minha casa em reforma, adverte-me do risco das primeiras águas, prevendo prejuízo para a minha parca obra. Nem ligo, e saio cantarolando: "... deixa chover, deixa a chuva molhar...". O vizinho faz-me um sinal típico de que estou lelé da cuca.

Invado aquela manhã invernosa, no carro, de vidros abertos. Que me venha todo o trabalho do mundo!

Rindo, e cantando, concluo: meu vizinho tem razão. "*Soy loco* por ti, inverno!". E uma chuva teúda e manteúda lavando meu dia.

O lorde da graxa

Entrei naquele restaurante, meio sorumbático. Andava invadido pela danada da opressiva tristeza. Não me peçam motivos. Esta dita-cuja não é chegada a digressões lógicas. Ela vem, se aproxima, invade o peito e pronto, lá estamos nós imiscuídos no exercício maldito do tripudiar da melancolia. Mas vamos aos fatos. Havia marcado um encontro no início da noite com um amigo-poeta. Parnasiano desta *terra brasilis* que adora fazer tributos à mediocridade cultural. Sentamo-nos, saudação breve e protocolar. Conversamos algumas amenidades de plantão e passamos direto ao ponto que nos agrada: o agradável mundo das letras.

Falamos de alguns lançamentos literários, comentamos crônicas divulgadas na imprensa, até recitamos alguns poemas dos nossos vates prediletos. Passados alguns minutos, fizemos nossos pedidos: os indefectíveis sucos de goiaba e graviola. Entre um poema e outro, um gole de suco. Doce do poema aliado ao sabor das frutas tropicais. Estava já banindo a tristeza. O peito já não se encontrava tão preso. Antevia os esboços de primeiros sorrisos do dia.

De repente, uma voz: "Boa-noite! O senhor deseja engraxar os seus sapatos?". Levantei o rosto, mecanicamente. Já ia despejar um reativo "não, obrigado!", quando dei por aquela figura humana ímpar. Paletó preto, gravata cinza, camisa puída branca, calça escura desgastada. Sapato social de muita quilometragem, parecia catado em lojas de antiquário. Era um jovem negro a caráter. Um lorde engraxate!

Parei, contive a voz. Não pude evitar a minha feição de surpresa. Meio boquiaberto, frente àquele rapazote. Como continuava calado, o jovem voltou a inquirir: "Senhor, quer engraxar os seus sapatos?". Ao proferir esta sentença, levou a mão para trás do corpo em gesto de mesura. Um *gentleman* sapateiro! "Meu Deus, de onde veio esta figura?!". Este pensamento me remoía os miolos. Para ganhar tempo, respondi: "Sim, claro". O lorde abaixou-se, reverente, pediu licença e levou a sua mão com uma luva branca ao encontro do meu pé direito. Retirou o calçado e voltou elegantemente para fora do restaurante com o meu reles sapato preto. Aquele calçado, pau para toda obra do dia a dia do trabalho, nunca recebera tratamento tão majestático. Luva de pelica branca, limpeza com flanela branca, desinfecção com álcool, camadas régias de graxa preta, carinhoso afagar e limpar. Não tirava os olhos daquela cena. O meu companheiro poeta me indagou: "Tá com medo que ele te leve o sapato?". "Não, claro que não. Só achei esquisito. Engraxate diferente!", arrematei.

Transcorridos alguns minutos, voltou à mesa. Colocou o meu sapato no chão próximo e se dirigiu a mim, serenamente, solicitando o outro pé. Vi-me até falando em tom mais baixo! Eu, cabra já condicionado pelos berros em forma de pedido. Contágio daquele lorde dos sapatos? Não sei, deixa pra lá!... Voltei ao assunto da mesa, literatura, puxado pelo colega poeta. Mas... aquele jovem não saía do meu pensamento. A conversa não tinha a mesma cola, transcorria protocolarmente. Ao cabo de mais cinco minutos, o "príncipe da graxa" se apresentou com o meu outro par. Vinham reluzentes, o jovem e o meu mocassim. Até nem parecia o meu velho companheiro de guerra. Trato, graxa e civilidade deram um brilho de novo àquele velho papa-léguas. Obra da realeza daquele engraxate.

Perguntei pelo preço. Ele, civilizadamente, estipulou um mísero um real. Eu, encantado com aquele serviço e com aqueles modos, paguei um pelo serviço em si, e outro pela distinção no trato com aquele "macambúzio" cliente.

Cuidei de pedir a conta a tempo de ver aquele jovem lorde das graxas deixar o estabelecimento, cruzar a rua com passo cadente e rosto altivo. Nunca vi tanta realeza em uma profissão. De longe, no paletó gasto e escuro, me lembrou Carlitos. Aquele jovem entrou na noite e seguiu ofertando seus préstimos de engraxate, mas com uma distinção e uma altivez dignas de um rei.

Esta noite, sonhei com aquele lorde da graxa. Acordei, lavei o rosto e rumei para o serviço. E até hoje procuro imitar aquela dignidade na realização dos meus atos. Infelizmente, ainda não cheguei nem perto dos seus dignos pés de engraxate. Divino engraxate!

O outro lado do Carnaval

Num mundo repleto de cultuadores dos folguedos desregrados, das zoeiras sem fim, dos porres homéricos, dos decibéis enlouquecedores dos trios elétricos, o Carnaval virou a apoteose desses discípulos do caos. E o que este pobre cronista tem a acrescentar a essa apologia do exagero desmedido?

Tenho a dizer que, apesar da barulheira infernal do bloco carnavalesco Loucos Futebol Clube, existem várias agremiações diferentes "sambando" nas nossas ruas. É mister deste cronista relatar esse outro lado do Carnaval.

Primeiro, vou ater-me ao Bloco dos Unidos da Boa Rede. Estes foliões ouvem as músicas carnavalescas, deitados em berço esplêndido — uma boa rede, preferencialmente, sol a sol. Trata-se de um bloco que vem crescendo ano após ano, seus integrantes conhecem todos os sambas de cor e salteado, mas nunca se arvoram a sair à rua. Aproveitam os festejos momescos para recuperar as forças do carnaval da vida. Na Quarta-feira de Cinzas, enrolam seu porta-estandarte da avenida do sono — sua rede — e... até o próximo ano!

E agora, entrando na avenida desta crônica, um bloco representativo, e nem sempre muito badalado: o dos foliões televisivos. Entram na roda embalados pela telinha, varam a noite acompanhando todos os desfiles, bailes, flashes ao vivo... Ao retornarem à labuta diária, apresentam olheiras, e cansaço, que enganam aos menos avisados. Alguns julgam-nos sinais do cansaço da avenida do samba. Ledo engano! São restos da ressaca televisiva.

Anunciado pela trombeta dos arcanjos, não poderíamos esquecer o bloco dos religiosos. Num mundo que dedica esse período para o tudo-é-permitido, onde o pecado grassa com ares de rei dos céus, estes carnavalescos vão para a avenida com terços, missais, orações, cultos, vigílias e correlatos. Ultimamente, os foliões de Cristo redobraram o volume dos seus cânticos, resposta à invasão dos trios elétricos. Alguns retiros dedicam marchinhas ao Senhor e oferecem, em seus chamados aos fiéis, quatro dias com o samba na fé.

Outro bloco que não poderíamos deixar de mencionar é o dos retirantes: os fugitivos do Carnaval. São os cultuadores do quanto mais longe, e mais calmo, melhor. Invadem serras, pousadas, retiros, fazendas... Enfim, quanto mais fraco de Carnaval, mais apropriado. Geralmente, cercam-se da família, e de poucos amigos, e curtem o período momino com pesca, leitura, descanso e... nada de barulho de momo.

Olhe o bloco da Sétima Arte, gente!... Estou falando do cordão dos cinéfilos. Correm às locadoras, locupletam-se dos últimos lançamentos, e dos clássicos sempre adiados, e entregam-se à Sétima Arte. Um dos representantes desta turma assistiu a vinte filmes no último carnaval. Dizem que chegou ao trabalho chamando o chefe de meu diretor; o pessoal da limpeza, de contrarregras; confundiu a sirene do início do expediente com o rugido do leão da Metro e quase não foi para casa ao final do expediente, esperando o "The End". Apelidaram-no de Oscar.

Pum-bum, baticumbum, prucurundum... O nosso samba, minha gente, é esse livro aí!... Abram alas para os bibliófilos, diletos leitores. São aqueles amantes dos livros que nunca têm tempo, nem silêncio, para a leitura de uma obra de maior envergadura — um *Ulisses*, de Joyce; um *Guerra e Paz*, de Tolstói; um *A Montanha Mágica*, de Thomas Mann; um *Os Miseráveis*, de Victor Hugo, dentre tantos clássicos. O Bloco dos Bibliófilos entra na folia literária, lendo. Retornam ao batente mais cultos e loucos para, no próximo feriado, cair no baile das páginas de mais uma apoteose das letras.

Sim, ia-me esquecendo!... Existe o bloco dos que pulam o Carnaval, seguem os trios elétricos, cantam *axé-music*, bebem o dia todo e tudo o mais. Mas, estes são tipos comuns, não valem uma crônica.

O palhaço

Ontem viu-se-lhe em casa a esposa morta
E a filhinha mais nova tão doente!
Hoje, o empresário vai bater-lhe à porta,
Que a plateia o reclama impaciente.

Esta é a estrofe inicial do primeiro soneto que conheci na minha vida. Trata-se de uma obra-prima — "O Palhaço" — do padre Antonio Tomaz, príncipe dos poetas cearenses. Está gravado em uma placa de bronze, ao pé do busto construído para reverenciar, e eternizar, o maior nome literário da minha pequena aldeia — Santana do Acaraú. Quando éramos crianças, brincávamos na praça e nunca nos apercebíamos da existência de um poema no meio daqueles canteiros cobertos de rosas e plantas, com um negócio imitando cabeça de gente, no meio das ramagens. Aliás, nós nem sequer reparávamos naquele busto. O nosso ímpeto ia para o pega-pega, para o esconde-esconde, para as conversas carregadas de picardia, sentados nos bancos da praça, cujo nome nós soletrávamos sem pensar — Praça Pe. Antonio Tomaz. Não sabíamos, ainda, da tristeza; o mundo infantil só reclamava, impaciente, os nossos risos.

Veio o tempo de madureza e, com ele, a chegada das dúvidas, das complicações da vida adulta e das reflexões sem fim. O que nós chamamos de amadurecer, muitas vezes, recende a coisa amarga e apodrecida. Passamos a ser julgados pela frieza das nossas atitudes, pelo pouco-caso com as nossas emoções. Um rito em que somos induzidos à glória do panteão dos secos de coração. A nossa iniciação na maioridade se dá quanto mais cedo houver a renúncia do riso limpo e se instalar a frieza do riso vazio no trato dos sentimentos. "Homem, que é homem, não chora!": frases como esta, repetidas a perder de vista, instalam-se até no código genético, perpetuando-se incólumes por gerações. Com o tempo, passamos ao cúmulo da objetividade: morra o pesar e viva o riso asséptico (apesar dos pesares)... Depois, o vácuo da verdadeira alegria, a busca frenética por algo, ou alguém, que nos traga um pouco de simulacro de riso, mesmo vazio e sangrento...

Ao palco em breve surge... Pouco importa
O seu pesar àquela estranha gente...
E ao som das ovações que os ares corta,
Trejeita, e canta, e ri nervosamente.

Caminhamos na luta do "vencer na vida". Neste embate, premidos pela superação e incitados pela concorrência, esvanecem-se os últimos resquícios de fraternidade, plantados e regados, a dura pena, na lide das praças da nossa infância. Abandonam-se as flores da inocência da nossa aldeia e faz-se uma apologia louca aos novos santos de pau oco, deuses do sucesso. Renegam-se as coisas simples e completas; luta-se, canibalescamente, pelos escombros de um novo mundo que desaba a olhos vistos. Pois tem pilastras edificadas no pântano da falta de amor. Os aplausos são interesseiros.

Aos aplausos da turba ele trabalha
Para esconder no manto em que se embuça
A cruciante angústia que o retalha,

Nesse diapasão insano, só fazemos construir nosso fosso — cavamos fundo, desesperadamente —, mas isso só aumenta o tamanho do nosso vazio. O nó, que prende nosso peito e alimenta a dor que nos dilacera, é desumano. E quanto mais a gente trabalha, mais aumenta o prêmio do novo mundo: mãos locupletadas de bens e vazias do bem. Uma angústia nos dilacera e retalha. Tentamos nos esconder, correndo cada vez mais, lutando cada vez mais, mas sem saber aonde ir... E um vazio invade o peito.

> No entanto a dor cruel mais se lhe aguça
> E enquanto o lábio trêmulo gargalha,
> Dentro do peito o coração soluça.

Hoje, de mãos vazias, de riso trêmulo e coração quase frio, não consigo mais me emocionar com o sortilégio d'O palhaço (meu destino?). Mas, acho que, ainda, não matei totalmente minha criança, pois dentro do meu peito um coração ainda soluça. Nunca é tarde para aprender. Como penitência, lerei esse poema todos os dias. *Ontem, viu-se-lhe...*

O Rei Davi do subúrbio

Certas coisas só acontecem em certos dias, com certas pessoas e em singulares situações. Não me tache de fatalista, caro leitor. Leia minha história. Sim, história com "h". Permita-me a falta de humildade em começo de crônica, mas, para mim, digna de "H" maiúsculo. Não devido aos pobres méritos deste reles escriba de província, mas dada a singularidade do fato e pela candura da circunstância. Açucarada sua atenção para o meu relato, entremos fundo nestas letras...

Encontrava-me em um final de tarde, fechando minhas coisas no escritório e pronto para o retorno ao lar. De repente, sou surpreendido com um chamado telefônico. Penso em não atender. "Isso lá são horas de importunar um pobre mortal, se preparando para o digno descanso?". Como a responsabilidade já me chegou ao código genético, atendi ao apelo da máquina insistente. Era o poeta Humberto. Estava sorumbático e triste. "Como você sabe?", o leitor pode indagar. Quando se é amigo, faz-se a leitura da alma com pequenos pormenores: um timbre mais baixo na voz, uma vogal mais arrastada, uma pausa entre as sílabas, um respirar diferente... Enfim, até com o silêncio se ouve o grito do amigo. Aquele brandia tristeza pelos pulsos da ligação. Fiz as perguntas protocolares de praxe: "como vão as coisas", "tá tudo bem", "as novidades"... Perguntas que tentam encher a conversa, mas são como riscos no vento da amizade, se esvaem com rapidez. Os amigos prescindem das palavras e não fazem loas ao supérfluo. Fui ao cerne da questão: "O que há? Algum problema?". O poeta tergiversou, vã tentativa de preservar-me do sofrimento próprio. "Nada! Questões de rotina!". A mentira, mesmo coberta com calda de boa intenção, não cola em boca de gente séria. Faz um ruído dissonante. Reverbera alto e entrega a falta. Fiz um pouco de pressão, apelei para a confiança mútua, obra edificada ao longo de muito tempo, e Humberto capitulou... Não queira detalhes do sofrimento do meu colega-irmão. São assuntos afeitos aos íntimos. Mas posso adiantar, nessa época de enforcados pelas dívidas, que se tratava de um descaso do seu emprego para com os seus vencimentos. Ganhar pouco é ruim, mas se administra. Atem-se o corpo dos gastos ao manequim da verba. Mas, pouco e atrasado, nem avarento *honoris causa* resiste. É obra desumana! Era o problema de Humberto: ganhos parcos e pródigos em atrasos. Naquele dia, a situação assumira proporções alarmantes, beirando ao cômico se não fosse trágico. "O idiota do seu gerente!". Inclusive o energúmeno (desculpe os maus modos, mas não me peça a perda da minha saudável capacidade de indignar-me, isto é o que me faz viver) se regozija nos meios de imprensa de possuir especialização em gestão. Só se for um MBA em "Como triturar a honra humana em quinze dias". Nisto, merece destaque e louvor. O dito-cujo atrasava seus salários em meses, por pura birra, pelo simples prazer de maltratar e exigir o beija-mão. Humberto não se submetia. Santa e venerável teimosia! Procurei catar palavras de candura para jogar nas brasas que queimavam corpo e mente do poeta... Cada palavra enviada, a sensação de inutilidade. Finda a ligação, fiquei de coração preso. Sentei-me, baixei a cabeça, imaginei o amigo chegando em casa, encontrando sua esposa grávida, sua filha pequena. Estômagos vazios. Aquilo travou meu peito e algumas lágrimas se anunciaram. "Calhorda!", desabafei para não estourar.

A caminho de casa, a decisão. Abri a carteira, uma pequena quantia. Rumei em direção ao subúrbio onde residia Humberto. "Vou-lhe presentear com uma cesta de alimentos. Pelo menos, evita-se o dissabor da fome. Basta de sofrimento!". Deixei-me conduzir pela mão invisível do destino (eu sei que, às vezes, ele parece maneta). Sabia que encontraria, àquela hora da noite, um mercadinho aberto. Vi a placa luminosa e deu-se o fato...

Paremos um pouco, nobre leitor. Esta parte é o clímax da minha história. Reforcemos os pontos: dirigia-me, triste e resoluto, para a casa de Humberto, comida para aplacar sua humilhação, revolta no peito como companheira de viagem e um mercadinho humilde no subúrbio à minha espera. Continuemos, pois... Parei, baixei o vidro — subconsciente de burguês não permite descer à noite em subúrbio — dirigi-me ao proprietário e indaguei, lacônico: "Vende cesta básica?". "Sim, claro". Estipulado o preço, fechamos negócio. Enquanto esperava a conta, um senhor de sorriso branco e rosto escuro se aproximou: "Faz muito bem, meu filho. Vai ser de grande valia". No início, reputei como simples conclusão. Cesta básica, ato comum de doação aos mais necessitados. A noite era clara, a lua companheira, resolvi descer do carro e sentei-me em um tamborete na calçada. O velho continuou: "Quem vai adorar mais é a filha. Criança não dorme com a companhia da fome". Virei-me e indaguei seu nome: "Davi, seu servo. Chamam-me de meu rei. Só se for rei do subúrbio". Riu candidamente. "Nome bíblico!", proferi. Levantei-me, paguei e, ao entrar no carro, ele se despediu, dizendo: "Dê-lhe comida, mas dê-lhe paz. Peça que ele não deixe de escrever. Não permita que o ódio se aloje em seu peito de poeta. Aconselhe-o, você é um hábil professor". Parei atônito, quis falar... Ele completou: "Vá, filho. A família lhe espera. Deus lhe acompanhe". Atônito, liguei o carro, rumei para minha missão. A cabeça a mil! O velho no retrovisor. "Meu Deus, quem era aquele homem? Davi?!...".

Cheguei, encontrei-os silentes e tristes. Pedi que o amigo entrasse no carro. Fiz a volta no quarteirão. Simular que saíamos para Humberto fazer as compras. Medo de rebaixar a imagem do pai com o gesto da esmola. No retorno, sentamos na sala da casa simples e emprestei minha voz para as palavras do Rei Davi. Era como se estivesse sendo conduzido por um Ser maior. Humberto, esposa e filha ouviram-me atentos. No final, agradeceram mais minhas palavras do que meu presente. Retornei, passei ainda na frente do mercadinho, já fechado, na ânsia de agradecer a Davi. Tenho que dar a César o que é de César: a cesta foi minha, mas a melhor parte, minhas palavras, foi uma dádiva divina do Rei do Subúrbio.

Ainda naquela noite, o poeta Humberto voltou a se encontrar com seus versos: pães para saciar a fome do nosso espírito. Mais uma vitória de Davi contra o Golias da opressão.

O riso de uma menina

Todos somos apresentados, desde cedo, aos cuidados da boa saúde. Os indefectíveis: tomar banho, escovar os dentes, não pisar em terra quente, evitar sol a pino... Uma miríade de conselhos que, às vezes, garantem uma vida limpa, asséptica, mas tornam-na tão sem gosto que sufocam o bem viver. Insípida vida.

Vou relatar, neste humilde espaço, um fato que encheu o meu dia. Vinha eu caminhando por entre as sombras. Sim, por entre as sombras. Era meio-dia, o Sol estava mais próximo da Terra como nunca, uma fumaça parecia se erguer do solo, anunciando a fervura das horas. A rua se encontrava deserta, todos se recolhiam temerosos de enfrentar o onipresente astro rei. Banhado pelo suor, irritado pela luminosidade que oprimia meus olhos, estava filosofando a pertinência do ócio do meio-dia. Fazia loas aos espanhóis que, segundo me diziam, mudaram o horário do expediente vespertino como forma de compatibilizar o suportável do sol ao insuportável da vida: o trabalho. Os hispânicos haviam deliberado por uma prática que iniciasse seus labores por volta das três da tarde. “Sábios espanhóis! Deviam ter nos colonizado que tudo se resolveria!”, vociferava, historicamente. Sol na cabeça, filosofia no pensar, rumava, praguejando. Casmurro. Um chato suado e de cabeça quente. Hiperquente!

Encontrava-me nesse estado, caro leitor, quando divisei, a alguns metros à minha frente, caminhando em minha direção, um jovem casal com uma criança de colo nos braços da mãe. Comecei a excomungar aquele casal. "Como pode? Colocar um bebê na rua, neste horário, neste calor! Devem ser pais que acham que ter filhos é apenas pô-los no mundo e criá-los como batata, ao tempo e ao Deus dará!", professava feito velho birrento. Imaginei o calor, feito ondas dantescas, invadindo o corpo daquela menina. A temperatura se alterando, as ondas de hipertermia invadindo seus tecidos e órgãos, as perdas de líquido se avolumando e o quadro caminhando para uma desidratação aguda e irreversível. Cheguei a antever o corpo miúdo disposto sobre um leito hospitalar e a "Indesejável" rondando aquele anjinho. Tudo por falta de cuidados básicos por parte daqueles "pais", tendo, como coadjuvante desse filme de horror, o sol do meio-dia. Já caminhava celerado, e de dentes cerrados, em direção àqueles "criminosos". Ocorreu-me, messianicamente, como arroubo final, uma voz: "É preferível atar uma pedra ao pescoço e se jogar nas profundezas do oceano do que fazer o mal a uma dessas criancinhas...". Já reservava, àqueles genitores, o quinto dos infernos. Enfim, achava-me detentor da verdade e apoiado por todas as correntes do pensamento humano: ao centro, o descuido com a saúde; à direita, o mau trato de pais — falha de amor; à esquerda, a imposição da história e, por cima, vindo do céu, a falha com Deus. "Pais excomungados!", brandia entre dentes.

Tomado por todas essas certezas — bicho traiçoeiro essa tal de certeza! —, já me dirigia em passos largos em direção ao casal. Já me via tomando a menina em meus braços, fazendo a verdadeira justiça com as próprias mãos — um justiceiro infantil, protetor dos inocentes —, quando algo brilhou na face daquela criança. Era um sorriso! Um sorriso enorme, gigante, desses de iluminar um mundo e anunciar um novo tempo. Aurora em forma de rosto infantil. "Como podia?", pensei decepcionado. "Tanto calor e ela radiante!", tartamudeava, cabisbaixo e surpreso. Observei mais de perto. Parei, melhor dizendo, estaquei no asfalto quente, afogado por aquele infinito riso. E vi, para decepção da minha tola sapiência, que aquela criança trocara todas as admoestações da saúde, rasgara todas as idiossincrasias históricas, fizera caso de todos os cacoetes metafísicos e filosóficos deste Platão de boteco, por um caminhar livre pelas ruas, nos braços da alegria. O pai logo atrás, com a sombrinha aberta, evitando o sol direto sobre seu rosto; a mãe levando-a faceira nos braços. A criança subia e descia no balanço do passo da mãe. Só uma coisa não saía de sua face, aquele contentamento enorme e feliz. Sorriso de quem caminha livre pelas ruas. Não interessam a hora, o calor, as regras ridículas dos cuidados... O prêmio era a liberdade, e a resposta estava em seu rosto. Pleno de sorrisos de margaridas a soterrar a mediocridade dos precavidos e insossos de vida.

Rasguei meus preconceitos, fechei meu guarda-chuva preto que me protegia do sol, provei do calor da rua, da liberdade, do risco... e caminhei pela tarde.

Experimentei pela primeira vez na vida o perigo da liberdade. Às favas, as precauções! Elas nunca me deram um prazer como o daquela criança. Caminhei até o crepúsculo e, ao chegar em casa, carregado com um buquê de sorrisos, fiz renascer a primavera em meu lar. Nunca dormi tão bem, nunca fui tão saudável. Lição daquele riso de menina.

O tênis branco

Era uma tarde modorrenta, assolada pelo cinza dos dias. As horas se arrastavam por entre as sombras das copas baixas. Sombras que não ofertavam o necessário refrigério do dia e, sim, inundavam o tempo com o carimbo do sem brilho.

O mundo parecia corroído pela mesmice, pela pasmaceira assassina do otimismo, pela falta de colorido.

Os homens caminhavam de futuro cabisbaixo; as mulheres, de frontes brancas; as ruas, de ventos murchos. Sequer um chilreio de pardais para instilar um sopro de vida.

Eu me encontrava imerso naquele caudal. Levado pelo bagaço daquela insípida tarde. Macambúzio, tocado pelo vagar das horas. Em equilíbrio com o meio, parafraseando os especialistas.

Ao dobrar o quarteirão seguinte e adentrar por entre uma sequência de casas cinzas, de homens cinzas e mulheres mais cinzas ainda, dá-se o inaudito. Assoma — sim, só posso usar este verbo para descrever aquela súbita aparição — uma jovem de cabelos longos, ainda respingando as gotas d'água do banho. A jovem tinha um quê de sobranceria; um toque de princesa, sem o ranço do esnobismo; um porte de divina dama.

Parei, enfiei no meu bisaco minhas toneladas de negritude e pus-me a observá-la.

De onde vinha tanta elegância? Qual a fonte de tanto "charme"? Como aquele mundo tão duro, tão ostra, produzira aquela pérola?

Não foi difícil a solução deste mistério. A origem, a fonte de sua luz, a altivez daquele porte, advinham do tênis branco que aquela jovem portava.

Um tênis?!... Calma, caríssimo leitor. Não era de um branco qualquer. Era um branco tão limpo que brilhava por entre as casas. De um tom tão sublime, que invadia os nossos olhos, banindo a rabugice vespertina. Exorcizando o cinza das ruas, ofertando uma aurora em plena tarde.

E ela pisava distraída, transformando aquele chão desprovido de estrelas, em sua passarela. Suas passadas, com seu tênis branco, brilhavam como estrelas, e fizeram-me voltar no tempo.

Vi-me garoto prestes a iniciar a alfabetização. A expectativa de ganhar o meu primeiro tênis. Ao acordar, e ser apresentado ao meu companheiro — um divino Conga branco —, vi-me entre os eleitos.

Ainda me lembro do meu romper nas ruas da minha pacata província caminhando rumo à pequena escola pública. Não era o mesmo: era um príncipe, cuja coroa estava nos pés. Sentia-me mais forte, mais belo, mais competente para enfrentar o mundo, para vencer a batalha contra a ignorância que me rondava.

Acho até que meu jeito se parecia com o daquela jovem. Onde anda aquela minha altivez, sem peçonha? Onde anda aquele menino que saía às ruas com o cetro branco nos pés, indo ao encontro de um novo mundo?

Paro na calçada e fico-me a pensar. Onde anda o meu tênis branco? Meu tênis branco, que nunca se restringiu aos pés — invadia mente, corpo e espírito. Concluo que, infelizmente, ele se esmaeceu com a rotina dos dias, sujou-se com a rabugice dos homens, toldou-se com o pessimismo dos pragmáticos e perdeu o brilho.

Hoje, por mais que invista no último lançamento, na marca da moda, no modelo mais caro... nunca mais tive comigo aquele branco do meu singelo Conga. E vejo-o ressurgir no caminhar daquela princesa. Foi esse brilho que me atraiu.

Vai, princesa do tênis branco! Invade estas ruas e ensina a estes torpes corações cinzas a simplicidade sublime de portar um tênis branco.

Sigo, viro meu rosto para fitá-la com seu porte altivo. E, faço-lhe uma oração: "Deus! Nunca permita que o mundo esmaeça seu brilho!". Coisa de que eu não fui capaz.

Os ciganos estão de volta!

Eles chegaram. Com seus cavalos brancos de crinas bem cortadas, arreios coloridos, e de metais bem lustrados; com suas mulheres de saia rendada, cabelos negros, longos, a lembrar-nos Iracema — a virgem dos lábios de mel. Chegaram com seus meninos de cor diferente e jeito arisco; com suas tendas, morada de gente que tem o mundo como sua casa; com suas danças diferentes; com seus homens de adereços exóticos; com suas damas que querem ler nossas mãos, e adivinhar nossos futuros.

Os ciganos estão de volta!

Chegaram a uma cidade vizinha e foram notícia nos jornais locais. Isso foi o bastante para mim. Fez assomar em minha mente todas as lembranças da minha infância distante; foi capaz de evocar todos os meus medos que aquele povo nômade, e tão diferente da minha aldeia, nos trazia, quando chegava à nossa cidade. Eram medos, em sua maioria, plantados em nossos corações pelos próprios moradores da minha terra, homens de hábitos atolados na modorrenta rotina — repetição infinita, e tediosa, dos dias —, assustados com a possibilidade de nós, seus filhos, ficarmos enfeitiçados pela aventureira vida daquele povo. E tome agressões — ladrões de cavalo, negociantes inescrupulosos, feiticeiros, bruxos, amantes da magia negra... E o tiro saía pela culatra. Ao invés de nos distanciar e afastar, esse rol de títulos só nos encantava e enchia-nos de curiosidade. Os ciganos se transmutavam em mito, e assumiam a divina cor da aventura — não há ser humano que resista.

Ficávamos encantados com sua chegada e nos reuníamos para visitá-los. Peito opresso pela aventura, o coração acelerado, aproximávamo-nos de suas tendas, pé ante pé. Tudo era novidade, tudo brilhava com uma aura de novo mundo. E, ao perdermos o pânico, chegávamos mais perto, ouvíamos suas cantigas, reparávamos em suas roupas, em seus modos... Era tudo diferente, imerso nas brumas do desconhecido; e isto, por si só, encanta, e cativa sobremaneira, a alma de uma criança. Não sou filósofo, mas, se me permitem, acho que uma frase, que define o que é ser criança, seria: "Sou curioso, logo sou criança!".

Ficávamos horas e horas parados, observando o mundo dos ciganos. Não nos lembrávamos do almoço, nem do jantar. O novo, e exótico, cuidava de alimentar corpo e espírito. Ao voltarmos para casa, inventávamos uma história, álibi para nosso sumiço; corríamos para o banho e, de lá, para o fundo dos lençóis e... Cadê sono? Olhos em vigília, revisitando o dia, imaginando-nos singrando terras e mares, como os ciganos. Sonhávamos de olhos abertos, e de almas prenhes de aventura.

Acordávamos cedo, antes do anúncio da alvorada, fazíamos um arremedo de café da manhã — mais enrolação do que refeição —, cuidávamos de reunir a turma de amigos e... pernas pra que te quero. Ciganos, lá vamos nós!

Enquanto houvesse os ciganos, tínhamos programa de lazer garantido. Não nos cansávamos de visitá-los; eram a pura acepção do divertimento. Em um dia, faziam torneios; em outro, musical; e noutro, entregavam-se a comercializar seus artesanatos. Cada dia, algo novo. Diametralmente opostos aos nossos conterrâneos, entregues a uma sequência de dias modorrentos, de entediar um morto.

Quando amanhecia, e corria a notícia de que os ciganos tinham-se ido — seguida de um graças a Deus dos nossos provincianos —, baixávamos a cabeça e ficávamos, vários dias, tristes e macambúzios. Porque sabíamos que, com os ciganos, tinha-se ido nosso quinhão de aventura, e a melancolia dos dias comuns estaria de volta.

Crianças da cidade vizinha, aproveitem. Os ciganos chegaram!

Pai aos quarenta

Pai coruja é pleonasmo. Como dizia um grande amigo meu: pleonasmo de repetição. Todo pai é coruja por definição, disto todos nós sabemos. Eu sou de uma espécie nova: pai tri-coruja. Tri-coruja?, indaga, espantado, o meu dileto leitor. Explico!, sou pai de três filhos e por eles morro de paixão.

Hoje, dedicarei minha crônica a esta prole. Estou até parecendo político ruim, usando espaço público para legislar em causa própria, mas os genitores que me leem me entenderão. Estou felicíssimo. Felicíssimo, porque a prole aumentou. Em minha casa, havia dois pimpolhos: Artur e Mateus; eu, já quarentão, tinha recolhido meus atributos de procriador e me encontrava apenas na... (como eu posso dizer, sem ferir as idiossincrasias dos mais castos) condição de manutenção (bem vocês sabem, pulemos estes detalhes que apenas enrubescem os mais tímidos, podendo colocar em maus lençóis este cronista menor). Pois bem, levado pela ânsia de ter uma princesa no lar — o cetro de rainha sempre será da minha Biscuí —, enveredamos pelo projeto de ter uma menina.

Da decisão, passamos para os preparativos; dos preparativos, para os finalmentes; dos finalmentes, para a gravidez; da gravidez, para a eterna dúvida hamletiana — ser ou não ser menina, eis a questão. Passados alguns meses, algumas roupinhas já compradas na cor rósea (mais afeita às meninas), fomos para o exame de sexo. E não deu outra: mais um varão.

No início, foi aquela decepção, alguns simulacros de muxoxo e nada mais. Chegando em casa, cuidamos de dar fim aos apetrechos róseos e de providenciar um nome para o herdeiro (a certeza era tamanha que só tínhamos nome pra menina: Lia). Transcorridos alguns minutos, veio o nome: Lucas. Ressignificamos tudo: o mundo tá muito violento!; é mais fácil criar filho-homem; vai ser melhor para os outros dois irmãozinhos... Como somos pródigos em mudar de curso! Em pouco tempo, defenestramos Lia e pusemos Lucas no altar da glória.

O novo herdeiro chegou, mas ocorreram problemas no parto, levando-o para a UTI neonatal. Precauções médicas. Na primeira visita, as crianças insistiram em ver o pequeno irmão. Colocaram o bebê próximo ao vidro da UTI, e meu filho Mateus profetizou: "Vai ser feliz igual a mim!". Quem sou eu para contestar garoto de oito anos? Não há filosofia, nem dialética que resistam.

Em dez dias, estávamos todos na casa do meu sogro. Os dois irmãos quiseram logo assumir o papel de guardiões do pequeno Lucas. Artur, com seu jeito mandão e decidido, a dar ordens a torto e a direito, e a identificar sinais, para ele, incontestáveis, de similaridade com o novo irmão. E ai de quem contestasse. Mateus, mais risonho, procurava me convencer de que era o melhor "pastorador" do bebê, sempre me dizendo: "Pai! Todo intervalo da novela eu corro pro berço para ver como vai o Lucas". Benditas novelas a perseguirem meu clã!

Hoje, minha casa está em polvorosa. Minha cama foi reservada ao mais velho, que nela se aboletou, dormindo entre mim e a mãe. Já o mais novo só quer dormir depois que o pequeno Lucas não emitir nenhum som — o que, tratando-se de um recém-nascido, é quase impossível. As minhas assistentes estão todas voltadas para os afazeres com os três rebentos — minhas vontades estão relegadas ao enésimo plano. Minha esposa com o tempo todo dedicado a esta linda prole. E eu?!...

Pasmem os senhores: apesar de vivendo o papel de um maior abandonado, encontro-me felicíssimo. Coisas de pai-coruja. Um pai aos quarenta junta ao papel de genitor a felicidade desmedida de avô. E, isto é sublime.

Paro minha crônica agora. É hora de jogar xadrez com o Artur, futebol com o Mateus, entabular um monólogo com o Lucas e, se não me faltarem as forças, namorar minha rainha Biscuí.

E a menina?!..., você me pergunta. Pelo visto, minha casa é terra de uma rainha só, venerada por quatro súditos.

O anjo Diniz, o tio eterno

Nasceu há sessenta anos. Na verdade, um pouco mais. Veio ao mundo aos 13 de maio de 1951. Dia de Nossa Senhora de Fátima. Mais novo dos Alves, filho de Vovô Sebastião Alves e de Mãezinha. Ela, já com a prole extensa, ainda deu à luz um benjamin após os quarenta.

Quando chegou, em Vovô, a percepção de que, ali, havia algo de especial. E logo a decisão: "Levará o meu nome: Sebastião Alves Filho!"

Mãezinha, nas orações, a entrever o fogo da missão: "Cuidarás de um anjo!". Os irmãos, vizinhos e amigos nunca lhe chamariam pelo nome de batismo. Carinhosamente, na mais límpida ingenuidade, o chamado: "Diniz! Diniz!"

Por quê? Não sei; sou muito franco, não sei. Há mais mistérios na alcunha de um anjo do que pode sequer supor a nossa mais vã filosofia de cronista.

Um dos seus braços, o esquerdo, era menor; e eu nunca entendia por quê. Seu passo era cadenciado, como se mal adaptado à terra. Esqueci de mencionar um detalhe: Diniz nasceu no solo de Santana do Acaraú, Ceará, a minha querida Licânia. Se não sabia, fique sabendo: Ana, a mãe de Maria; e esta, a mãe de Jesus, o nosso Senhor Jesus.

Diniz passou a flanar pelas ruas da cidade. De muitos, extraía o riso; em outros, os puros de coração, a paz e o convívio com um eleito.

Na madrugada do dia 16 de dezembro de 2011, uma fatídica sexta-feira, uma dor no peito e uma falta de ar lhe tirariam o sono. Com a morte dos seus pais, os meus avós maternos, Tio Diniz passara a morar só, na casa dos Alves, na Avenida São João. Em vão tentou dormir, a dor mais se lhe apertava o fôlego. Chamou por Eulina, esposa do Tio Manoel. Tudo muito rápido: a dor estúpida, o desmaio, a corrida ao hospital... Na entrada, a massagem cardíaca. (Ressuscita-se um anjo?)

Posso até pressentir as palavras de Vovô Sebastião:

— Deixem o meu anjo! Venha, filho.

O silêncio, o choro de Eulina e dos sobrinhos. E o braço esquerdo a pender do leito frio. E, então, todos se deram conta de que não era um membro superior, era uma asa abortada. Asa de um anjo, minha gente!

A notícia correu os becos e vielas de Santana, e todos acorreram ao velório de Tio Diniz. Minha mãe, desde a morte dos seus pais, genitora *ad hoc* do anjo Diniz, não continha as lágrimas. Ao me ver, disse-me:

— Dê uma palavra em meu nome, filho. Fale que, para mim, não houve a perda de um irmão, mas a de um filho.

Recolhido no silêncio da cripta da Igreja de São João, sob os olhos vigilantes de Santana, de Maria, de Sebastião... e de todos os santos, pedi para ser um mero instrumento a serviço dos presentes.

Falei de um anjo que nasceu há pouco mais de seis décadas, e da augusta graça de tê-lo como tio e irmão. Sei que não compreendêramos, em vida, a bênção dos céus. Agora, desculpe-me, só me resta a dor da falta, expiando o pecado de não termos sido dignos do convívio de Tio Diniz. Ele agora ganha o firmamento (E reparem como é belo o seu flanar rumo ao Céu!).

Quando um anjo voa — agora eu sei — não existem passos dúbios. Diniz tinha asas; com elas, é claro, nunca saberia andar, no chão.

De certa forma, a nossa gratidão a Deus: pelas seis décadas especiais com o nosso tio eterno: Sebastião Alves Filho, simplesmente Diniz.

Querem matar o Poeta

Mora em casa humilde, sozinho, esquecido de tudo e de todos. Como única companheira, a Poesia. Fumando seu brejeiro, remoendo aquele abandono, só e solitário, e nada de sono. Os versos lhe invadem a mente, construindo cirandas de cordel, versos em forma de rosas. E a cidade, esquecida do Poeta, dorme hipocritamente.

Escreveu uma "Carta a Papai Noé", onde clamava: "Meu endereço eu vou dá,/ Da casa que eu moro nela/ Moro naquela favela/ Que você nunca foi lá/ Mas quando você chegá/ Qui avistá uma paioça/ Cuberta com lona grossa/ E dois buracão bem grande/ Uma porta véia de frande/ Pode bater que é a nossa". Nem Papai Noel, nem a sociedade responderam.

Seremos julgados pelo destino. Deus permita que jamais cantemos ode como esta: "Sinto agora um riso quase a nado/ Transbordando nas ruas do meu rosto,/ Cada lágrima que brota é um desgosto/... Quando eu nunca pensei de ser julgado/ Em um fórum que Deus é o juiz,/ Condenado já estou pelo que fiz...". Temos que evitar esta sentença destinada àqueles que abandonam um poeta à míngua.

O Poeta brada seus lamentos por entre as brumas do vento: "Meus olhos perderam a luz,/ Minhas pernas fracassaram,/ Meus colegas se afastaram/ Como o cão quando vê cruz..." e "Veio o Sol rasgando a luz do dia,/... E a luz do Sol ficou opaca/Muito mais que a falta de energia,/ Eu quis escrever, mas não podia/ Com lápis e papel na minha mão/ Quis vingar-me da negra solidão/ Enfrentei o poder da desvantagem/ Quis morrer de amor, faltou coragem/ Quis viver para amar, faltou razão". E tão somente migalhas são-lhe jogadas ao vento. E o Poeta queda silente na noite escura. Acho que foi Deus num gesto de piedade que lhe privou de grande parte da visão. O Poeta passou a ver menos nossas hipocrisias, nossos descasos, nossas ignorâncias, nossa intelectualidade desenxabida. Mas, qual Assum Preto, sem a luz dos *óios* é que ainda canta melhor. Canta, na boca da Lagoa do Mato, as nossas dores, os nossos desencantos, os nossos lamentos.

Gravados na memória, o Poeta vai a uma professora amiga, que lhe transpõe os versos, eternizando sons em pepitas de poesia. Direto para impressão e, de volta a casa, trocando-os por feijão. Muitos de nós compramos seus poemas, seus cordéis, pagando um mísero real, menos para ler e mais para se livrar do vendedor. Na esquina da intelectualidade mais próxima, ouvem-se loas à literatura mais tacanha. Parecemos porcos, trocamos o milho pela bosta.

Visito o velho Poeta. Alquebrado pelas desventuras e pela praga do abandono. Começamos a conversar, sentados na calçada, e ele sai jogando na brisa da noite seu canto carregado de jasmim. O brilho dos versos limpos, a bateia da memória a recolher o ouro do cordel do fundão do rio da mente, ofertando-nos, gratuitamente, numa noite de luar. Ao longe, a cidade nem escuta mais os versos do seu menestrel maior. A dor da necessidade é grande; descomunal e insuportável é a do abandono.

O Poeta recolhe-se à casa simples, vai-se enrolar com o manto da solidão, fumando seu cigarro caseiro, tentando afastar o fantasma da ingratidão.

O Poeta colocou tantos versos-sementes em nossas hortas estorricadas de vida e, hoje, colhe o descaso. O Poeta inundou nossos brejos com tanta luz da Poesia e, hoje, recolhe-se na solidão. É... querem matar o Poeta! Matá-lo, sim. Matá-lo, lentamente, de abandono, de descaso e de solidão.

Quem é o Poeta?, tu me indagas, dileto leitor. (Eu já esperava. Esquecemos nossos verdadeiros gênios e acendemos pira olímpica aos medíocres de fora). Estamos falando do arauto da mais genuína poesia popular, ourives de versos que falam à mente e ao coração. Daquele que vem, há mais de quarenta anos, irrigando de poemas os campos áridos de nossas secas vidas. Seu nome? Luiz Campos, o poeta de Mossoró.

Papai Noel, faça com que usemos o dinheiro que vai ser despendido na construção de um monumento a esse magnífico bardo, após sua morte, para minimizar o abandono, em vida, de Luiz Campos.

Num mundo tão seco não podemos perder nem um pé de poesia. Muito menos, uma floresta exuberante como o é Luiz Campos.

Querem matar o Poeta, não conseguirão. Só se matarem a Poesia, e esta renasce, mal rompe a manhã.

Ser potiguar

Ser potiguar é nunca propagar que é melhor do que o paulista, do que o carioca, do que o cearense, do que o gaúcho, do que ninguém. Porque ser potiguar basta por si só, não admite (nem cabe) comparação. Pois sê-lo é muito mais um Estado de espírito do que um orgulho tolo, do que um excludente preconceito.

Quando chegam novos habitantes em sua terra, o potiguar abre o coração generoso, coloca todos para dentro — feito uma mãe gentil. Saúda-os, aquieta-os, faz com que todos participem do banquete no alpendre da casa-grande (sem senzala), regado a carne-de-sol e macaxeira. Depois, oferta a todos a bênção de uma boa água de coco, servida em uma rede branca e acolhedora, onde se espanta o calor dos corpos cansados com uma brisa, que parece vir lá do fundo dos corações potiguares.

Ser potiguar é ter o coração de um índio — Felipe Camarão — que já não existe mais em estado puro, mas que habita, miscigenado com todas as raças, em todo este torrão. Torrão que tem um jeito manso e bom. Acho que, devido a isto, nosso Estado não poderia ter outra forma — um elefante. Nosso mapa interior sempre teve a benfazeja mansidão, a serena paz de um bom elefante.

Quando se é potiguar, tem-se o norte voltado para as brisas do Atlântico, ventos que nos trazem o verde azulado de nossos sonhos. Já ao sul de nossas vidas, temos um quê de cabra paraibano que nos acompanha em todas as lutas.

Ao oeste do Éden, a cara de nosso elefante é dirigida para o interior deste grande Brasil, mostrando o quanto temos os olhos voltados para nossa terra, a demonstrar que nossa bússola nunca nos levará para longe daqui.

Percebe-se nesse olhar ocidental uma carícia com as terras alencarinas, com o mapa cearense — rosto de mulher amiga. Dá-se um amálgama tão forte, que nossas fronteiras, até hoje, ainda estão indefinidas. Os limites são coisas dos geógrafos e não, de povos irmãos.

O leste de nossa província está reservado para a mansidão do oceano, que nos afaga com uma brisa que gera um cinturão de terras prenhes de vida, enamoradas com os canaviais.

Ser potiguar é falar pouco, e agir sempre quando for preciso. É ser um povo que baniu mais cedo a escravidão, e deu um cascudo em Lampião, pelo lado das terras de Mossoró. E, depois, salvou o folclore, ofertando um Cascudo para o Brasil.

É ser força feminina com o primeiro voto de nossas mulheres — Celina —, sem perder a ternura jamais. É ter um pouco de Palmira Wanderley, de Nísia Floresta, de Auta de Sousa, de Myriam Coeli, de Zila Mamede, e de tantas outras guerreiras.

É pisar no solo de Newton Navarro, Raimundo Soares de Brito, Padre Miguelinho, Dorian Jorge Freire, Alberto Maranhão, Dorian Gray Caldas, Henrique Castriciano, Vingt-un, Djalma Maranhão... Mas, principalmente, é pôr os pés na terra dos famosos anônimos que se orgulham em ter, tão somente, o galardão de papa-jerimum.

É ser mistura de Agreste, com Zona da Mata, com Sertão Central — enamorado com o semiárido —, com serras, com Mato Grande, com Litoral, com Seridó... Mas, sendo um povo só.

Ser potiguar é ter o forte dos Reis Magos dentro do peito, a brisa da Redinha no pulmão, a Serra de Martins na vista, a força do Seridó nos pés, o sangue do Assu nas veias, a paz das praias e dunas nos dias, as areias coloridas de Tibau nos sonhos, o vento dos canaviais de Ceará-Mirim nos cabelos, a resistência do Oeste na vida, as salinas de Macau e Areia Branca nos olhos limpos de menino... a carícia do peito de moça do Cabugi, no colo.

Ser potiguar é ter como urbe maior uma cidade onde sempre é Natal. É ter um cajueiro que tem a copa do tamanho do coração do nosso povo. É ter praias tão limpas, como a alma de nossa gente.

Ser potiguar é um Estado de alma tão belo, que me fez cometer um adultério com o meu Ceará. Imputam-me a culpa de uma bigamia, pois tenho dois amores. Não nego: sou um cearense-potiguar. Papa-jerimum de coração!

Sob a Lua do meu amor

Quando tudo me faltar, sei que terei sempre um abrigo. Se tudo em torno de mim se fizer desterro, sei que terei uma terra-colo que me acolherá sempre como a filho querido. Se acaso, em mim, o mundo todo apenas encontrar defeitos mil, sou sabedor de que existe alguém que só tem olhos para as minhas parcas e simples virtudes.

Ao construir meus sonhos, sei que muitos só terão olhos para vê-los como quimeras, utopias malsãs de um louco, tresloucado da vida. Mas, nesta hora, sei de ti, que é toda a torcida corintiana, fanática por mim.

Na chuva, quando me encontrar ensopado, sei que ela dividirá suas vestes, abrigar-me-á em seus ternos amplexos e me fará casa-peito, enfim. Nas tardes de calor impiedoso, se me faltar vento, ar, ou tudo o mais, sou sabedor de que alguém se me fará brisa caliente, com seus lábios carnudos e quentes, soprando junto a mim.

Na prece amiga, se titubear, esquecendo a reza, terei um anjo ao meu lado, conduzindo-me virginal por entre meus pedidos, por entre meus rotos caminhos. Apresentando-me a Deus, advogada-santa deste impuro desvalido.

Se erro, logo me julgam, impiedosamente, condenando em rito sumário, decretando-me cruel sentença, exarando logo o destino, colocando-me em funda masmorra — dor intensa. Mas, tenho alguém que não me julgará, apenas me perdoará, enxugará meu pranto quando chorar, cuidará do meu perdão, por maior que seja o pecado, por mais que lhe doa. Absolver-me-á, em rito sumaríssimo, esta boníssima pessoa.

Já corri muitos lugares, já vivi a vida, à toa. Só pude sossegar quando me encontrei com essa, de flores, coroa. É um anjo em forma de mulher? Você me pergunta: É boa? Eu lhe respondo, de um estalido: não posso bem descrever, para ela, não há adjetivos. Tenho a divina felicidade: ela é minha esposa.

Fui jovem, namorei pouco, nunca fui de muito fuxico. Só queria saber de uma dama que pudesse, comigo, ter compromisso. Rodei, rodei e fui cair nos braços dela. Desde cedo, percebi que era uma mulher em sua forma mais bela. Começamos a namorar, nunca mais nos apartamos. Até hoje, gosto de chegar e beijar-lhe o rosto, em acalantos. Por ela, tenho paixão. A ela, entrego meus planos: ficar toda a minha vida, junto desta minha cigana. Cigana que enfeitiçou meus passos, mas espantou, do meu mundo, todos os enganos.

Sofrer, por ti, não é dor, é causa de divino ganho. Não quero morrer por ti, pois contigo quero viver muitos anos. Viver para curtir contigo nossos milhares de planos.

Quando tudo me faltar, sei de alguém que vive pensando em mim, mesmo quando estou amuado, pois sei que a amo e por ela me sinto amado.

Sofre as minhas dores, divide comigo seus risos, faz nascer na terra seca a luz de seu sorriso. Muda toda a atmosfera, chove em meu sertão. Com ela, o feijão é belo; por ela, trabalho até em carvão.

Já nos plantaram desavenças, quiseram nos separar, mas quanto mais perseguem a gente, mais o nosso amor em laço faz se apertar. Cada briga com seu fel virou lua-de-mel.

Se um dia o Sol me faltar, sei de alguém que me virá com sua Lua, clareando, com seu amor luzidio, este meu peito escuro.

Não me interessa que eu sofra toda a dor do mundo, não me importa que eu sucumba sob todas as cruéis tiranias, desde que viva sob a luz do meu amor: minha amada Luzia.

P.S.: Sou um amante à moda antiga e, em um mundo repleto de brigas e pródigo em desamores, ofereço esta minha crônica a todos os casais que ainda sabem morrer e viver de amores.

Todo dia é Dia das Mães

Enquanto todo o mundo discute os preços da vida, ela vem e nos vela com suas graças, de graça. Enquanto muitos se preocupam em ganhar, que não se pode nada perder, que é tempo de cada um por si, e Deus — apenas — por todos, existe alguém de coração puro que só pensa em doar-se, em se dar oceanicamente. Infinitamente, ofertar-se.

Alguém que nos gera, cria-nos, alimenta-nos... E nós, na maioria das vezes, só lhe criamos problemas, alimentando-lhe de preocupações, inundando-lhe o colo limpo de tolas insatisfações.

Caminhamos e deparamo-nos, infinitas vezes, com um séquito de traições, de discórdias, de ambições, de egoísmos. Mas, sabemos que existe ela. Alguém que nunca deixa de ser, humildemente, para cada um de nós, um poço de zelo, de paz, de harmonia, de doação. Um porto seguro.

Fomos banhados por suas mãos, batizados com seu amor, abençoados em suas preces, alimentados com seu próprio leite-néctar, acariciados por suas mãos sacrossantas, ninados por seu acalanto mavioso. Hoje, crescidos e distantes, sentimos o seu espírito zeloso a nos guiar — anjo da guarda de nossos dias.

Saber que a temos (embora sem a merecer), que ganhamos sua bênção (mesmo sendo pecadores reincidentes). Isto nos conforta e nos basta! Ela só nunca precisou nos perdoar, porque ela jamais nos vê em falta.

Sim, estou falando de nossa mãe. "Mas, e o pai?!...". Pai é

importante, mãe é essencial. A figura do pai impõe respeito, segurança, força, capacidade. A da mãe inunda nosso mundo de amor, de paz, de carinho, de bem-aventuranças. Pai é remo, mãe é barco. Pai é preocupação com o futuro, mãe é zelo desmedido no presente. Pai julga, mãe nos absolve, ainda que errados. Pai é prosa, mãe é poesia.

Enfim, pai é auxiliar na criação, mãe é matriz. Pai se envolve, mãe se compromete, dando-se em vida.

O mundo vive a discutir metafisicamente a existência, ou não, do amor. Tratados são escritos, discursos caudalosos são proferidos, teses e mais teses filosóficas são defendidas. Um caudal de dialética se nos apresenta. Um contestatório prolixo e abissal. De repente, surge a figura de uma mãe e, num sopro de amor, solapa todo este palavrório, comprovando-nos a existência do amor em estado puro. E a ciência e a filosofia capitulam.

Tenho esperança no mundo, basta que saibamos nos guiar no exemplo que existe em cada um dos nossos lares. De ouvirmos a pitonisa que nos profere o segredo de Delfos em nossas vidas. De atentarmos para o modelo daquela que é rainha, sendo a mais humilde; aquela que se engrandece servindo e amando.

Mãe! Mãe! Mãe!... Todos gritamos por seu nome em nossos pesadelos, em nossas provações. Símbolo de candura, só deixa um simulacro de ódio assomar em seus lábios, quando percebe que tentam macular o templo do seu filho — vendilhões profanando o nome do seu rebento, em vão.

Quando tudo se nos apresenta verão, ela se achega e oferta-nos a primavera no seu colo provedor. Quando o mundo nos leva à tristeza, basta um tépido sopro de palavras tangidas pelos seus lábios, que nosso oceano de problemas se transfigura em mar de almirante.

Vejo-me desajeitado para expressar meu respeito, mãe. Mas, quero que saibas: o teu amor é grande, as palavras incapazes de descrevê-lo, e o cronista, pequeno para tema tão magistral.

De uma coisa tenho plena certeza — minha mãe vai adorar esta crônica — e, se depender dela, serei o ganhador do próximo Nobel.

Calma, mãe! Nem tanto, nem tanto!

Todo filho-da-mãe é príncipe

Chegava ao cabeleireiro com meus dois filhos, quando fomos surpreendidos por aquele grito desesperado: "Não admito que o chamem assim. Ele é meu filho. Ele tem mãe. Não admito nenhum nome feio... Exijo respeito!".

Era uma senhora baixa (não no sentido pejorativo da palavra), de cabelos já brancos, corpo sofrido, tez clara e carregada das rugas do tempo. Mas, a melhor definição para aquela senhora não poderia ser outra: uma mãe procurando desesperadamente defender a honra de seu filho. Falava e gesticulava, energicamente. Usava de todas as suas forças nessa luta de mãe.

Não nego que sou avesso a escândalos. Tomado por essa fobia, cuidei de empurrar meus filhos salão adentro. Mas, não se foge fácil de um brado de mãe. Sentamo-nos à espera de sermos atendidos e aqueles gritos desesperados invadiam nossos ouvidos... Eram de cortar coração. Minha mente, presa aos ditames do racionalismo, exigia uma análise fria dos fatos. "Será que seu filho não cometera alguma imprudência? Será que ele não era merecedor do tratamento que lhe devotavam?...". Um dos presentes, tomado pelo mesmo sentimento, bradou: "Se falam, ou foi, ou é, ou será...".

Baixei a cabeça e voltei-me em direção aos meus dois filhos: bem maior dos meus dias, excelsa dádiva divina. Vi seus olhinhos assustados com aqueles gritos. O mais novo, me puxando pela camisa: "Paizinho, por que ela chora? O que fizeram com o filho dela?...". Procurei alguma palavra de consolo no fundo d'alma ou, quem sabe, uma palavra de fuga para aquela situação vexaminosa. Mas, não sei por que me escapou apenas: "Filho é filho, filho!...". Esta expressão, obra do fundo do peito, saindo involuntariamente de mim, reviveu meus dias de infância. Trouxe aquela situação, antes afeita ao lá fora, para cá dentro do meu mundo. Vi minha mãe ao pé da minha rede, acordando-me para um novo dia e benzendo-me com sua indefectível voz: "É puro, é santo, é milagroso e é bom!...". Nunca conheci aurora mais radiosa, canto de fada mais aconchegante. De puro, tenho pouco. De santo, falta-me tudo. Milagres, nem em sonho. Pra bondoso, resta-me muito na minha caminhada. Mas, para minha mãe, eu era, e sou, tudo isso. Puro, santo, milagroso e bom. E seu julgamento me basta. É necessário e suficiente.

Pai ama seus filhos. Mãe, se mata por eles. Pai julga seus filhos, dita-lhes as regras; uma mãe não julga, apenas ama e ama... Pai devota-lhes amor, mãe, entrega-lhes a vida. Pai tem amor enorme, mãe tem amor infinito. Sempre tive uma dificuldade imensa para entender a dimensão do infinito, hoje não tenho mais: infinito é o tamanho do amor de uma mãe.

Bastou aquele rememorar para me fazer sair da minha condição omissa. E ir em defesa daquela genitora. Pigarreei, timidamente, e disse aos presentes: "Ela é mãe, está na defesa de seu filho. Não nos cabe julgamento nenhum. Apenas o sentimento de respeito...".

Um dos presentes, arvorando-se conhecedor dos fatos, detentor da tola verdade, volta-se para mim e arremata, idiotamente cumulado de certezas:

— O filho dessa mulher não presta, cara!

E eu devolvo:

— Mas, é seu filho.

Ele volta a golpear:

— É um cara problemático. Vive botando boneco...

E eu, preso àquela única verdade:

— Mas, é filho...

Ele, aumentando a voz, infla o peito e desfere seu golpe final:

— É um filho-da-mãe!

Acho que soltaria um palavrão de maior envergadura. Conteve-se, em respeito às crianças. Meus filhos voltaram-se em minha direção, esperando a resposta de seu pai. Pensei em renunciar àquele jogo idiota, mas uma voz de mãe chegou aos meus ouvidos e fez minha boca instrumento de sua paz. E, sem me aperceber, vi-me bradando:

— Todo filho-da-mãe é príncipe para a sua mãe!

O silêncio voltou a reinar. Cortaram-se os cabelos e deixei o ambiente de braços dados com meus rebentos, cantarolando um verso de Drummond: "... se eu fosse rei do mundo baixava um decreto: mãe não morre nunca!".

Tributo às rainhas do Teatro

Nossa cidade anda toda lépida e fagueira com seu novo Teatro Municipal. Uma onda de orgulho perpassa todos os lares. Até aqueles que nunca deram bola para a grande Arte, andam com um sorriso artístico nos lábios oportunistas.

Tangido pelos comentários constantes, atiçado pela curiosidade comum à raça humana, cuidei de visitar nosso novo teatro, antes de sua inauguração.

Quando cheguei ao Centro, próximo à construção, tive um dedo de prosa com os amigos das letras, joguei pernas pelo comércio e, finalmente, rumei para o grande prédio. Novo palco das artes de nossa terra.

De longe, atentei para as curvas modernas da edificação, sendo atraído pelo brilho do granito assentado em suas paredes. Uma imponente obra de engenharia. Um glorioso palco para a cultura.

Corri todo o prédio, maravilhado com seu luxo. O templo estava ocupado pelos serventes da construtora e pelos homens da faxina final. Ao entrar em todos os recintos, imaginei que aqueles pobres homens, reais construtores dessa meca das artes, dificilmente voltariam a visitá-la. Pela magnitude do edifício, pelo preconceito, pelo custo elevado dos ingressos, aqueles servidores só seriam convocados para a faxina após a burguesia se locupletar da divina chama dos artistas. Vi-me triste com aqueles pensamentos e cuidei de sair. Este meu excesso de reflexão acabou me levando para fora do prédio.

E, ao descer as escadarias, dei-me com duas damas no jardim da casa dos artistas. Estavam vestidas com um verde escuro e brilhante. Apesar de já com os sinais dos anos no corpo, tinham um porte garboso naquela tarde de inverno. Abandonei a visão do prédio, só tendo olhos para aquelas rainhas do teatro.

Cuidei de me aproximar, queria sentir o aroma que elas exalavam, o cheiro que lhes descia do colo, para deleite deste humilde escriba. Queria estar bem perto daqueles braços que, de quando em vez, se mexiam nos céus da nossa cidade.

Graças a Deus que a Prefeitura as convidara a ficar no Teatro. Nós, que somos diuturnamente levados a erguer templos ao novo, ao modernoso, à novidade, desta vez, tivemos a augusta honraria de convidar aquelas velhas damas a permanecer. E o prédio ficou mais belo, mais nobre, mais artístico.

Dileto leitor, se já tinha sido tocado pela beleza do teatro, em si, com a inclusão daquelas rainhas no plantel permanente da casa da cultura, fiquei nos céus. Quero expressar aqui o meu orgulho de ser filho adotivo desta terra. Terra que constrói um novo templo da cultura, mas que não abandona as rainhas da cidade. Foram estas duas damas que protegeram várias gerações, que ofertaram seu regaço para muitos casais em flor de amor, que inundaram nossa cidade com muito perfume, exalado de suas vestes verdes.

Meio envergonhado, dirigi-me a um senhor que estava perto de ambas e perguntei pelos seus nomes. O velho disse que não sabia. Fui em direção a um jovem; este, só agora, com a minha pergunta, é que atentou na presença das duas "velhotas".

Fui salvo por um poeta popular que recitava cordéis na sombra das augustas damas. "A maior, de copa mais larga, é uma tamarineira; a outra, de braços abertos para a praça, é uma velha conhecida, um pé de oiticica".

Sentei no chão à sombra daquelas divas vestidas do verde do inverno. Fitei o teatro, olhei-as novamente e concluí: o teatro será eterno com a bênção destas rainhas. Se as tivessem sacrificado, o oxigênio da Arte nesta casa não entraria.

Salve o Teatro! Salve as damas-árvores, rainhas do jardim da casa da cultura!

Um aceno que vale uma vida

Não me perguntem pelo seu nome. Dele, só conhecia o jeito simples e abandonado. O sorriso tímido e... o aceno. Sim, o aceno... Acho que isto é a sua melhor parte. Posse maior. Esse aceno, eu conheço, e dele podem me indagar. Calma, leitor amigo! Você sabe que eu sou chegado a um certo suspense. Apimenta o relato e torna o texto mais saboroso. Preciso desses condimentos para suprir minha pouca aptidão literária e encher meus escritos ralos. Mas continuemos. Mesmo não sendo dado a definições e a conclusões acabadas, vou explicar o porquê desta minha rara constatação neste mundo afeito às velocidades da cibernética e parco nas descobertas da alma humana.

Vamos aos "fatos": moro numa rua de um bairro residencial da dita classe média. Tenho como hábito saudar as pessoas com certas caretices tipo "bom-dia", "boa-tarde", "boa-noite". Sou partidário de um lazer caseiro: balanço de rede, conversa vespertina com os filhos, leitura de um bom livro antes do recolher-se aos lençóis e às carícias ao silêncio da noite. Vivo por entre os dias, sou cativo dos gestos simples, do jeito cordato e reverencio as pequenas coisas, melhor ainda quando acrescidas com a marca do humano. Quase um careta, você há de convir. Pois bem, encontrava-me neste diapasão dos dias, quando resolvi, numa manhã de domingo, sair para comprar os jornais. Eram sete horas, e a manhã despontava preguiçosa, contaminada pelos habitantes da cidade que decidiram, na véspera, se encher de cansaço e de bebida. Mais fuga do que descoberta. Muito lazer e pouco prazer. Entregue à modorra, a cidade amanhecia lentamente. Bocejando entre os gatos e cachorros, senhores daquelas ruas.

Manobrei o carro e, ao aproximar-me da esquina, deparei-me com um senhor baixo e moreno, calção de pernas longas, sorriso preso entre os lábios. Parecia um pouco triste, sentado só à beira da calçada com o vento da manhã nos cabelos crespos e grisalhos. Quando o carro cruzou com ele, fui invadido por uma vontade indescritível de saudá-lo. Pensamento se dando, mão se erguendo em gesto. No começo, seu rosto cabisbaixo não captou o sinal, mas, como o ato se prolongou por alguns segundos, houve o reconhecimento da saudação e foi tomado por um sorriso tão branco e tão limpo que clareou mais ainda aquela manhã resplandecente. Suas mãos se ergueram frenéticas, em acenos felizes e largos, retribuindo-me com juros e correção emocional o meu sovino saudar. Acompanhei-o pelo retrovisor e seu sorriso enchia a sua imagem no espelho do meu carro. Parecia até que ele me seguia, correndo em minha direção com o seu aceno. Quem era aquele homem? Por que gestos tão amplos nesta vida repleta de gestos tão curtos? Aquele homem não saía da minha cabeça. Sonhei com seu aceno. Suas mãos enormes em movimento de adeus.

Na manhã seguinte, preso à rotina macabra da segunda, lembrei-me do homem pequeno de gestos grandes. Cuidei de indagar a toda vizinhança e... nada. Ninguém vira nada, aliás, ninguém vê nada, quando se trata de atos humanos. Ruminei meu desagrado e voltei a passar pela frente daquela calçada, todo dia, logo cedo, em busca daquele senhor e do seu aceno. Nada! Nada!...

No domingo seguinte, cedinho, troquei de roupa e rumei em busca do homem do aceno largo. De longe, já o reconheci. Estava na mesma calçada, com a mesma roupa (quase ia esquecendo: era branca. Só podia ser branca!...), com a mesma timidez, com a cabeça baixa... Quando me viu, ergueu-se, agigantando-se, acenou os braços, sua indefectível saudação. Como se fôssemos amigos de longa data. Parei o carro, ficamos parados, um em frente ao outro, e nos abraçamos como velhos conhecidos. Não precisamos de palavras. O silêncio farto daquela manhã nos bastava. Ele sorria de dar gosto. Transcorrido algum tempo — não me peça precisão com o relógio da amizade —, o velho amigo me confessou: "Perdi minha esposa, vivo de favor na casa da mulher de meu filho. Num quarto dos fundos, trancado. Chamam-me de 'macaco', devido à minha pele escura, o meu sorriso farto e meu jeito baixo. Todo domingo, tenho direito a tomar banho de sol logo cedo. O senhor foi o único que fez um gesto de carinho comigo, me saudando. Sonho com os domingos e com o senhor. O senhor foi uma das melhores coisas que aconteceu na minha vida!". As lágrimas se irmanaram, abençoando nossa amizade. Um aceno salvando uma vida, quem diria. E nunca mais negarei um aceno, nem um bom-dia.

Um anjo que virou estrela

(Ao anjo Anna Elízia)

Por que nos deixaste tão cedo, Anninha? Por que tiraram de nós o teu sorriso?

Nunca me esquecerei daquele rosto plácido, riso de luz maior do que a face. Não consigo parar de pensar no teu jeito calmo, altiva nos braços dos teus familiares. Uma aura cobria a todos. Um halo? Não sei.

Na tua chegada, trouxeste a surpresa da felicidade e da dor. Felicidade pela vinda de uma flor menina; dor pela descoberta que eras "especial". Portadora de uma alteração cromossômica que te convertia em uma rosa nipônica. Com o tempo, sumiu-se a dor e prevaleceu a tua "especialidade". Eras, realmente, uma garota diferente: eras um anjo.

Tua entrada neste nosso mundo árido foi uma dádiva milagrosa. Semeavas alegria, distribuindo o brilho de um riso infinito. Uma luz silente que não nos cobrava nada, não nos exigia nada. Apenas, o ato sublime de doar-se. Doação que exorcizava o medo, trazia a serenidade augusta dos céus para dentro do lar dos teus pais e contagiava tua vizinhança, teu bairro e... Uma réstia me alcançou. E como sou eternamente grato a esse restinho de amor que tu me doaste, Anna Elízia. Bendita sobra que cumulou meu mundo de luz. Eu, que andava tão exigente com o mundo, tão cobrador da minha parcela de felicidade dos que me rodeavam. Eu, tão economista no ato de dar, e infatigável, exigente no ato de receber, deparei-me com a tradução, em forma de gente, da força sublime da entrega. Eras frágil de corpo e gigante no exemplo que nos dava. "Somos maiores quanto mais nos doamos".

Conquistaste a tudo e a todos e te tornaste fundamental. A tua família acordava melancólica com os desgostos da vida, premidos pela rotina e pela luta insana do ter. Bastava que rumassem para o teu berço. Lá, eram exorcizados com a bênção daquela tua face de querubim. O mundo, milagrosamente, se transmutava. Força que defenestrava o banzo e trazia, com tuas mãos de plumas, a felicidade para o ninho dos nossos corações. O sorriso invadia a face daqueles que se julgavam normais. Só tu, Anninha, uma especial de amor. Benditos, e bafejados pela tua graça, rumavam felizes para enfrentar o mundo. Prenhes de glória.

Aquela casa era morada da paz, porque era o teu lar. Todos se orgulhavam de te apresentar, de te mostrar, de fazer teu riso correr pelas ruas e becos, varrendo o entulho de tristeza que se acumula em nossas soleiras, em nossos beirais, em nossas vidas. Lixo que fazia nosso mundo avesso à luz, repleto de exigências e parco de brilho.

A cidade se fez mais bela. Passamos a escutar mais risos nas janelas; a ver mais damas orgulhosas de suas vidas, menos preocupadas com as opiniões e mais interessadas no pôr do sol. Observamos os pássaros, antes tão contidos, dobrarem seus trinados por entre as copas das nossas árvores, antes tão curvas, sem vida e pejadas das poluições de nossos pensamentos. Passamos a sonhar mais, a dormir mais serenos, a contar mais histórias infantis e a fazer pouco caso das histórias do mundo real. Os pais foram mais vistos com seus filhos, andando de mãos dadas pelas praças, antes entregues aos vândalos e ao vento ermo. Mais amores foram jurados entre os casais, antes repletos de ritos tão secos e protocolares. As beatas passaram a rezar o Credo com mais fé e doçura, e menos automatismo pagão. Os comerciantes, a vender com mais flores e menos lucros. Os políticos ousaram discursar, e praticar a utopia, afastada há muito tempo de seus mundos repletos de negociatas. Enfim, o mundo se transformava a partir do teu riso, Anninha. Poderosa semente de um novo amanhã.

Mas, o nosso mundo, as nossas sujeiras, as nossas invejas, as nossas rabugices te adoeceram. Somos doses descomunais em cima de qualquer um. Teu corpo sentiu a força avassaladora dessa nossa enxurrada de males. Tombaste enferma. Acorreram todos, desesperados, em teu (aliás, minto, em nosso) socorro. Os céus se encheram de preces. Até os ateus se juntaram nesse coro uníssono, pedindo aos entes divinos a tua permanência entre nós. Eras uma das últimas coisas puras que nos restava.

Foste serena em teu calvário. O riso e a beatitude nunca sumiram de teus olhos. O halo de teu corpo crescia e se expandia com o tempo, até que um dia, numa manhã calma e serena, tomou todo o hospital. Era de uma brancura sem par. Indescritivelmente belo. Num piscar de olhos, teu corpo fez-se luz e repousaste. Todos viram quando um feixe de raios celestiais te conduziu rumo aos céus. Saindo da condição de anjo, se ofertando estrela.

Já procurei por demais as palavras e os motivos de vida tão breve. Por mais que tente, são insuficientes: a lógica, a religião, a literatura e as vãs filosofias. Só uma coisa nos serena o espírito: tua passagem, apesar de breve e, aparentemente, fugaz, trouxe-nos a redescoberta da vida. Semeaste entre nós a certeza de que somos especiais se soubermos plantar o riso e banir os tolos preconceitos. Em poucos meses, semeaste mais amor do que milhares de vidas "normais" e vãs.

Hoje, ando pelas noites escuras, tendo como companhia, nos céus, uma estrela risonha da constelação do amor: Anna Elízia. Precisaram dela para iluminar nossos caminhos?

Um reencontro com Machado

Dei com aquela pequena livraria, repleta de livros paradidáticos, exígua em bons títulos, mas plena de catálogos. Era uma manhã de sábado e nunca me furtei a entrar em casa de livros, por menor, por mais discreta ou por mais simples que se me apresente.

Empurrei a porta e vi-me naquela pequena loja. Muitas prateleiras e poucos volumes. Corri os olhos pelo recinto, fitando as lombadas expostas.

Um jovem veio ao meu encontro. Solícito, indagou-me o que procurava. Como eu tão somente via edições infantis expostas, respondi: "O que você tem dos autores clássicos?...". Um silêncio invadiu-lhe o rosto. Rapidamente, complementei: Lobato, Cecília, Oscar Wilde, Esopo, Quintana... Uma escuridão maior ainda tomou-lhe todo o corpo, e os seus gestos denunciaram: o jovem ainda não ouvira falar naqueles "estranhos" nomes.

Engoli minhas palavras e cuidei de dirigir-me para as estantes, aliviando a tensão que teimava em se achegar. Como uma tentativa de quebrar o gelo que se metia entre nós, indaguei: "Vocês aceitam encomendas? Com quais editoras vocês trabalham?...". O rapaz percebeu meu esforço de reaproximação, voltou-se para o balcão, pegou alguma coisa na gaveta e me vi presenteado por um catálogo, sobrecarregado de cores, imagens e muitas fotos mercadológicas das publicações. Folheei-o, e uma avareza constrangedora de textos e de bons livros ensombrou-me os olhos. Agradeci ao adolescente balconista e, já me sentindo cativado por seu belo ato, puxei conversa, caminhando por entre os parcos tomos, insistindo em encontrar alguma coisa que me interessasse. Não gosto de sair de mãos abanando quando visito qualquer das casas de livros.

Reconheço, nesta matéria, sou um arrebatado teimoso e não sou de me entregar fácil.

De repente, por baixo de uma pilha de catálogos, vejo a feição de um conhecido: era Machado. "Que Machado?". Machado de Assis, é claro!

Quase gritei de alegria quando divisei o dito bruxo do Cosme Velho. Um sorriso enorme surgiu em meus lábios, uma onda de alegria quebrou na praia árida daquela minha manhã. "Salvo pelo Bruxo!", pensei.

Era uma biografia popular sobre a trajetória do nosso maior prosador. Tinha sido lançada por uma editora, dentro de uma coleção que visava nos apresentar a vida dos grandes brasileiros. Peguei-a, sofregamente, e comecei a folheá-la movido por uma paixão quase insana. O jovem percebeu que eu havia sido fisgado por aquele livro.

Transcorridos alguns minutos, já esquecido de tudo e de todos, absorvido pela bela biografia — texto de Pedro Pereira da Silva Costa, sob a supervisão dos prestimosos olhos de Afonso Arinos de Mello Franco —, encantado por revisitar a intimidade do nosso romancista maior, pus-me a rir sozinho, conversando com o livro, entabulando um monólogo com a biografia do velho Machado.

O vendedor já me olhava preocupado. "Será que, em vez de livros, aquele cliente não precisava mais era de um bom hospício?". Voltei-me repentinamente em sua direção, olhos injetados de paixão em fúria pelo livro que estava sob meus cuidados. Senti que houve um precavido recuo de dois passos por parte do rapaz.

"Você já leu Machado, meu garoto?", parti para cima, não havia tempo a perder. O vendedor entabulou um não cuidadoso; vigilante, olhou para a porta, como a medir os passos para uma fuga.

Mas, de um apaixonado por Machado, não se foge fácil. Pus a mão por sobre seu ombro e destilei todo o meu encanto pelo mestre dos mestres da escrita nacional.

Enumerei fatos da vida de Machado. A superação de um mulato que tinha tudo para ser reduzido às calendas da ignorância. A luta em busca da perfeição, os primeiros poemas, os dramas de teatro, os romances iniciais... Enfim, mostrei que ele evoluiu rapidamente, brindando a todos nós com uma obra que é motivo de orgulho da literatura mundial.

Falava e gesticulava com o livro em punho, messianicamente. Quase um pastor da literatura!

Ao fim, estávamos, eu e o moço da livraria, íntimos. Paguei, saí e meti-me pela manhã da cidade, levando uma biografia do Bruxo, e deixando um jovem rapaz manuseando um livro de Machado.

Uma dama, um gato e um vagabundo

Vinha em um sábado à noite por entre os becos escuros de um subúrbio. Cumprira a visita a um amigo dileto que, por abraçar as letras como profissão, casara-se à força com a penúria, quase miséria. Retornava meio cabisbaixo quando, ao fazer uma curva, apressado em fugir, burguês, daquela área, deparo-me com um veículo parado quase no meio da pista. Manobro ágil, e um palavrão quase me escapa dos lábios. Aquela velha mania de concluir rápido, preconceituosamente, e errar muito. Aproximando-me melhor, pude visualizar a cena. Apesar do local ermo e já deserto pela hora avançada, apesar da pressa e das pressões advindas do mote que nos imprimem: "Cada um por si, a pressa como rito e Deus por quase todos!". Uma senhorita parara seu carro para ir a socorro de uma vida. Jogara para o alto todos os conselhos do bom-senso. Banira todas as dicas de segurança que são propagadas por pai, mãe e Espírito Santo e... Fora salvar alguém, evitar a morte certa no meio daquela via pública.

Era escuro. Apenas a luz tênue e cambiante de um poste a algumas quadras. Único sinal da administração pública naquele mundo ermo. O resto eram sombras e o recital dos bichos da noite como sonata suburbana. O local daria medo a qualquer um de nós, mas aquela dama (sim, aquela dama, não posso saudá-la diferente, vocês hão de convir. Só lhes peço um pouco de paciência) parou seu mundo para socorrer um necessitado. Um ser que caminhava pequeno, fraco, de pernas finas, olhar perdido, abandonado, por aquela rua deserta. Ser marcado para morrer. Humilhado e perdido, seria trucidado pelos carros céleres. Mas, aparecera uma dama no meio do caminho.

Parei curioso e boquiaberto. Esqueci também meu medo e minhas regras de conduta e sobrevivência. Estacionei o carro, para ver melhor a cena.

Acho que, no início, não fiz isso por consideração ou amor ao próximo, mas pela inebriante curiosidade do inusitado e do exótico. Como guiado pela gula de ter o que contar aos meus amigos, o que comentar na mesa dos bares, prazer do diferente. Aproximei-me. Era uma dama de roupas simples, lábios brilhantes, tez clara e rosto luminoso. Recendia à luz naquela escuridão opressiva. O seu carro ficara a alguns metros, porta aberta como a demonstrar que saíra rápido, movida pelo sentimento de amor repentino e não calculado. Faróis acesos a iluminar o caminho. Ela, quase de cócoras, a acalentar o necessitado. Sussurrava algo que eu não entendia, e vi que a vítima grunhia alguns sons, guturalmente, que eu não identificava. Caminhei, dissimuladamente, em direção ao palco das minhas atenções, e divisei o fato.

A dama parara seu carro para salvar um reles gatinho de rua! Como um mísero gato merecia tanta atenção? Tanto risco? Aquilo travou meu peito racional, cheio de regras de bem-viver, empestado dos "bons-sensos" da modernidade violenta. Dei mais um passo em sua direção e observei que ela falava com o bichano. Preto e pequeno. "Venha, bichinho! Saia do meio da rua. É muito perigoso. Pode vir um carro. Você tem que sair daqui!". Meus ouvidos teimavam em não acreditar no que ouviam. Parar no meio de uma rua escura, à noite, em um subúrbio e conversar com um gato esquálido, feio e faminto?!

Aproximei-me ainda mais um pouco. Entrei no seu raio de visão, fiz-me notado. A senhorita continuava em sua tentativa de admoestação ao felino. Carinhosa e dedicadamente. Eu nunca conversara assim com os meus filhos. Usualmente, mais a força do mando do que da ternura no convencimento. O gatinho de rua ronronava, parecia tão faminto que andava meio desnorteado. O costume das mazelas do abandono levava-o a não reconhecer a salvadora terapia do carinho e do cuidado. A dama continuava imperturbável e decidida. Um poço profundo de paciência. Como o felino não atendia rápido ao seu chamado, cuidei de intrometer-me. Propus à senhorita, pragmaticamente, friamente: "Pegue-o, jogue-o para o outro lado da cerca da estrada. Ele se vira no mato, e você segue seu caminho".

Ela levantou-me os olhos de brilho forte. Cuidou de fitar-me bem no fundo d'alma. Olhar que me gelou os nervos lassos. Interpôs um silêncio de minuto que me pareceu secular e arremeteu, impiedosamente: "Se o jogo pela cerca, salvo-o dos carros e o deixo entregue à morte lenta da fome e do abandono! Muito obrigado!". Virou-se, deu-me as costas, pegou carinhosamente o gato, entrou no carro e seguiu viagem. Fiquei parado, chapado e boquiaberto. Veio-me à mente uma sentença de morte: "Uma dama, um gato e um vagabundo". Podia ter dormido sem essa.

Uma viagem com a Poesia

Uma cidade próxima montou uma noite da cultura durante a festa da padroeira. Forma de cativar o público jovem, infelizmente, tão contaminado pelo festival de besteira que, desde priscas eras, assola o país (saudade de Stanislaw Ponte Preta!...).

Um grupo de jovens abnegados teve dificuldade em garantir a presença de um artista popular de renome que conseguisse sacudir a pasmaceira que paira na mente de todos nós — órfãos da qualidade artística. O poeta se dispunha a ir, mas quem levaria o menestrel das letras? Foi aí que eu entrei nessa história: candidatei-me a motorista, cederia meus préstimos, levaria o Patativa Potiguar. O coordenador sorriu aliviado. Marquei hora e, no início da noite, rumamos para o evento.

Senhoras e senhores, valorosa meia dúzia de leitores deste cronista menor, eu que achava que servia, fui servido. Como? Explico.

O poeta Antonio Francisco (este é o nome do artista), tão logo se assentou no carro, começou a prosear — mister se faz uma correção: eu proseava, ele poetava. Na saída, falamos de política, preocupados com o excesso de demagogia e com a escassez de espírito cívico dos homens públicos. O poeta pigarreou e me disse: — Isso me lembra um verso. E tome poesia! O carro se encheu da voz do menestrel, tive a sensação de que o luar ficou mais radioso e a estrada mais fulgurante. Coisas da Poesia. Lembrei-me das dificuldades do homem do campo. Mostrei a caatinga sofrida, o potencial do nordestino, a riqueza da nossa terra e... Antonio Francisco emendou com um cordel que falava de sonhos, do descuido com a natureza e do descaso da humanidade.

Certa hora, tão concentrado estava em ouvir aquelas lições que quase me esqueço da função de motorista: ia saindo da pista. Cuidei de dirigir com um olho na estrada e outro olho no peixe luminoso com escamas de versos. E assim seguimos, eu e o poeta, por dentro da noite, acompanhados pelos poemas. Versos que iam espalhando cacos de luar pelo sertão. Simplesmente, não senti o tempo passar. Divisando a cidade, tirei o pé do acelerador, forma de ganhar tempo e poesia. Chegamos, nos arrastando feito tartaruga.

Rumamos para a Igreja, referência que nos deram (o evento só começaria após a novena). Quando passávamos pelo adro, pude ouvir as palavras do pároco. Eram de uma sem saborança de tirar o fôlego. Se aquele padre conhecesse a força da poética, Deus seria servido em rosas de luz, batizadas com o divino... Fiz o sinal da cruz e seguimos para o palanque. Não queria perder tempo. Tava doido por mais cordéis. Encostamos, e o poeta pôs-se a recitar. Juntou gente e, acho que devido a isso, o padre cuidou de fechar seu insosso sermão.

Mais alguns minutos, as aberturas de praxe. Antônio Francisco teve tempo de ter um colóquio com um jovem cordelista, talento da cidade. Com jeito, pediu-lhe dedicação, estudo e humildade para rasgar muito papel. O cerimonialista, com voz impostada de locutor de cabaré, saudou a noite, citou uma centena de apoiadores, e, graças a Deus, passou a palavra para mestre Antônio.

O público, barulhento, ao ver a constelação de estrelas sendo jogada em forma de versos no chão da praça, passou a silenciar, respeitoso. Em poucos minutos, só se ouvia o respirar. Tudo de queixo caído. As ovações cortaram os ares do céu daquela província. Mais uma vitória da Poesia. Ela, que já foi tida como morta, crucificada, enterrada e banida... ressurgia na praça.

Como tínhamos outros compromissos, cuidamos de nos despedir. Vi crianças, jovens e velhos abraçando Antonio. Ele, humilde, saudava a todos, reverente. Nele, o homem é maior do que o poeta. Pé na estrada e, na volta, o recital prosseguiu. Foram versos de uma beleza que este escriba não tem a competência nem para comentar. Recolho minha pena e proponho: leia os livros desse Patativa redivivo.

Cheguei em casa com a bateria carregada de vida. Abri meu escritório, revirei gavetas e vi minha pasta de poemas esparsos. Li-os e fui assolado por uma vergonha enorme. Retirei-os, rasgando grande parte no clarão da noite... Fui dormir nos braços de Morfeu e da Poesia, relembrando aquela viagem maravilhosa.

Uma garça no asfalto

As cidades andam espantando as cores de suas ruas, escorraçando a felicidade de suas calçadas, ofertando seus ventres ao estéril deus asfalto, erigindo estátuas aos mitos das alturas dos prédios gaiolas, prédios arranha-céus e prende-vidas.

Parece que queremos banir o humano de nossas províncias, transformando nossas avenidas em moradas das máquinas, enterrando de vez o que lembra o poético, o telúrico, aquilo que lembra gente.

Não pense o leitor desavisado que isto é coisa de cidade A ou B. Não. O movimento é bem orquestrado, vem invadindo, insidiosamente, todos os cantos deste nosso querido Brasil. É claro que algumas cidades já apresentam sinais avançados do tipo de câncer a que ora me refiro, motivo de desabafo desta minha crônica. Nas megalópoles, quadro terminal. Nem pense em sorrir por entre suas ruas, nem ouse saudar alguém com um singelo bom-dia, nem se arvore no papel de se sentar em uma de suas calçadas. Se você assim o fizer, receberá a pecha de desocupado, louco, maluco, ou coisa que o valha.

E os nossos jardins? Nada de vaso de flores nas varandas! Begônias nas lapelas, nem pensar (muito de nossos jovens têm que correr aos dicionários e enciclopédias para conhecer a beleza dessa rosa). É o progresso!, gritam os bobos da modernidade. Por que perder tempo com rosas?! E as substituem pela frieza tétrica das margaridas desenxabidas de plástico. O insípido e descolorido progresso!

Estamos, infelizmente, nos acostumando com essa vida. Vemo-nos a acordar com o barulho enlouquecedor de um despertador estressado, de fazer nossa higiene matinal às pressas, de tomar nosso café na rua, de sair de nossas casas às carreiras, sem tempo de uma bênção aos nossos filhos, sem nem pensar em um carinhoso beijo em nossas esposas. É a velocidade dos tempos globalizados, gritam em nossos ouvidos os surdos para a vida. Eu é que não me acostumo com esse condicionamento.

Rumamos para os nossos trabalhos, onde achamos perda de tempo uma conversa amiga, onde um computador nos isola do trabalho em equipe, sítio da rotina acachapante que viola o prazer do trabalho feliz.

Muitos de nós nem voltamos para almoçar em família. Um tal de um "fast-food" nos espera: um sanduíche, que, apesar de todas as tentativas enganadoras do marketing avassalador que nos despejam todos os dias, só tem gosto de palha. O sabor já foi despedido desses troços, que teimam em chamar de comida, faz tempo. Nada de suco, nada de sentar para comer. Não, tão somente uma refeição rápida, em pé, sem conversa, correndo de volta para o batente.

Ao fim do expediente, vazios de tudo, nos dirigimos para casa. Entramos exaustos em nossos lares, jogamo-nos em uma poltrona funda, e somos invadidos pelas verdades da televisão. Verdades empacotadas. É só abrir os ouvidos e deixarmos os arautos dos novos tempos resumirem tudo e despejarem as mentiras travestidas de certezas em nossas mentes. Jantamos separados de nossos filhos, que se separam em seus quartos. A noite cai, o sono vem e... tudo de novo no outro dia.

Mas, ontem, algo diferente cortou este meu mundo.

Dirigia-me para o trabalho, mecanicamente, pensamento sem rumo, quando um vulto de uma brancura ímpar circunvoou sobre meu carro.

Não era um branco qualquer. Era o de uma pureza quase angelical. Voando na minha frente, chamando minha atenção. Parei e refleti. "Uma garça perdida neste mundo de asfalto!".

A garça fez a volta logo à frente, veio em minha direção, abriu suas asas majestosas e seguiu, sobrevoando as casas, banhando de branco as pálidas residências de nossa cidade.

Um riso se me alargou no rosto, e pensei: "Bendita garça, veio provar que o branco ainda existe!".

Segui para o trabalho com aquela g(r)a(r)ça no peito e aquele branco nos olhos.

Uma noite com Bandeira

Tenho que chegar em casa mais cedo. Marquei um encontro com um grande amigo. Apresso os meus passos e, no caminho, antevejo o prazer daquela noite: o conversar franco, o manejar sublime das palavras e as lições do mestre-amigo. Com um toque irônico, e humilde, no ponto certo. Como é bom ter um amigo como o Bandeira!

No corre-corre da vida, a gente se esquece de agradecer e de valorizar os companheiros de jornada, os que nos brindam com ensinamentos, e, principalmente, com a sua insubstituível companhia. Mas, sob pena de parecer ingrato, aproveito este espaço para propalar aos quatro ventos a minha gratidão ao Bandeira.

Quando comecei minha caminhada, ele aquietou a fúria perigosa dos iniciantes no meu peito, ponderou que era preciso calma, submeter nossos ditos e escritos à paz e ao julgamento do tempo dos guardados. Contive minha insana volúpia — comichão dos neófitos — de conquistar o mundo em sete dias, recolhendo — e amadurecendo — meus pertences.

Hoje, revolvidos e revisitados, tenho a chance de lhes extirpar: a insensatez da pressa, a estupidez da presunção e a ignóbil mancha da falta de humildade. Quando faço isto, vou imprimindo às minhas produções o lustro tão propalado pelo meu amigo. Sinto a sua presença junto aos meus passos, felicitando-me por este meu respeitoso refazer. Tudo graças a meu amigo Bandeira.

Quando, picado pela mosca azul da Poesia, enchi o peito e ganhei os arrebóis, incendiado pelos versos; ele, sereno e manso, indicou-me a paz da espera, sugerindo a prática da métrica para, só depois, arregaçar as mangas e adentrar no pântano enganoso dos versos livres. No início, atribuí seu conselho aos resquícios de Parnaso que ainda habitavam em seu peito. Quis insurgir-me, jogando longe sua advertência. Ponderei, refleti e resolvi recolher meus poemas "modernos". Hoje, agradeço aos céus a orientação de Bandeira. Como eram tolos aqueles meus primeiros versos!

Rememoro tudo isto e fico ansioso por aquele reencontro. Faz meses que não vejo Bandeira. Imerso nos relacionamentos ocasionais com outros amigos de celulose, sinto que o abandonei. E aquela ausência me suprime, faz-me falta. A falta de um grande e sábio amigo!

Preciso ouvir-lhe novamente os conselhos; ver-lhe o modo de proceder, os cuidados com os detalhes das obras da vida, a sublime e humilde erudição. Enfim, beber no néctar daquele que soube ser abelha, quando todos sonhavam em ter o brilho ocasional da flor.

Chego em casa, sigo até o meu quarto — amigo fica sempre recolhido em nossas intimidades —, corro os olhos à sua procura e não o vejo no meu aposento. Preocupado, lívido, grito: "Onde anda meu Bandeira?...".

Uma voz, ao fundo, me responde: "Está na sala!". Corro ao seu encontro. No caminho, tiro os sapatos, desabotoo a camisa, abro o sorriso e saúdo-o, abraçando-o, entre sorrisos: "Bandeira! Bandeira do Brasil!...".

Aperto-o junto ao peito numa saudade tirana e, pondo meus olhos sobre suas palavras, varo a noite que se faz luminosa. Luminosa, porque na companhia daquele que fazia "versos como quem morre". Meu grande amigo: o genial escritor Manuel Bandeira.

Como amigo? Lendo sua obra! Quem lê um livro de um escritor, torna-se-lhe amigo.

E, com sua licença, leitor, preciso parar este texto e retornar à sala. Deixei Bandeira me aguardando: ele tem muitas crônicas a me ensinar, muitas aulas de poesia a me oferecer, muitas análises para dividir comigo... Terei uma linda noite na companhia do Bandeira. Quer tê-lo como amigo? É fácil, pegue um de seus livros, e boa conversa. Nunca mais passará a vida à toa, à toa...

A despedida de Zila!?...

Ser amigo de uma pessoa amiga de poeta é uma forma indireta de ser também amigo dos versos.

Tudo se deu alguns bons anos atrás. As personagens serão Antonieta (minha amiga) e Zila Mamede (a poeta). Vou ter que ser breve, espaço curto sufoca o prosear. Vamos às descrições: Antonieta era baixa e seu rosto reluzia pelos livros. Vivia sufocada no seu banco, não tinha brilho no trato das moedas. Zila era alta nos versos e produtora inigualável da seiva — as rimas — que faziam Nieta viver. Penso eu que se não houvesse a literatura, Nieta morreria. Os versos e os livros revigoravam-na e, como fênix, faziam-na ressurgir das cinzas da vida bancária.

Nieta resolveu lançar Zila em terras alencarinas. Como sou reles escritor, ia me esquecendo de dizer que minha amiga mora em terras cearenses. Feito o reparo, continuemos. Deu-se o lançamento. Festas das letras na Terra da Luz. Ficaram amigas. Nieta recebeu quadro com dedicatória de Zila Mamede, a grande poetisa potiguar. Livro autografado eivado de gratidão. Enfim,... a amizade se fez carne e rotina de cartas.

Tornaram-se íntimas. Perceberam mais semelhanças do que diferenças. Dividiram gostos literários. Uma cearense e uma potiguar se tornaram irmãs, a mãe das duas era a literatura. Umbigo de celulose e tinta. Placenta de amor eterno.

Passaram-se alguns anos. Um fim de semana sem gosto, Nieta andava sem brilho e estava de peito preso. Não conseguira ler nada. À noite, só lhe consolava o brilho das estrelas. Na sexta, achou até que vira uma estrela cadente cruzar os céus do Ceará, vindo do leste.

Domingo, ao entardecer, recolheu-se em sua biblioteca. Necessitava da força revigorante das letras para ressurgir e voltar a viver. Ao parar à frente de sua escrivaninha, vira um livro virado em cima da mesma. "Meu Deus! Estas meninas mexem nos meus tesouros e não os colocam de volta na estante!"

Era um livro de Zila, autografado para Nieta. Os lábios tremeram em um sorriso preso. A amiga relembrou a poetisa. Abriu e cheirou a obra, como se a beijasse. Leu um poema que falava de água, de rio... Guardou o livro na estante e dormiu sonhando com Zila.

Marchara na segunda para o trabalho, a remo e a vara, mergulhada na tristeza que não sabia de quê.

O banco estava terrível, como nunca. O trabalho, sem brilho, como sequer dantes imaginado.

De repente, a notícia no jornal: Zila morrera na sexta, afogada no mar.

Nieta parou... O computador apresentou um bloqueio e uma mensagem terrível na tela: *Fatal error! Turn off!*

Nieta rezou pela amiga que se despedira dela em forma de estrela e em forma de versos.

Hoje Nieta tem uma livraria, "banco" de livros usados e raros. Anda sempre a sorrir. Sou amiga desta bibliófila. Tento lhe comprar livros de Zila e ela sempre diz que não os tem. Mas, no fundo, eu sei que os considera todos do fundo do coração. E pensa, no peito de amiga: "Zila não se vende. Zila se ama!".

A risada de Tia Teresa

Sempre me lembro de Tia Teresa pela sua característica risada. Não me peçam para descrevê-la, é missão por demais impossível, fazendo uso das palavras e de um jogo de metáforas, defini-la em todas as suas nuanças. Valho-me, então, de suas consequências: por onde ela passava, por onde seu som adentrava, a tristeza não tinha lugar. Escafedia-se de porta a fora. Tangida por um pé na bunda, como bem gosta de falar o povão.

Casada com o meu Tio Gerardo, faziam um casal deveras risonho. Meu tio era mais amante da troça, dos chistes, das chacotas e das piadas de ocasião, daqueles ditos que se joga, e, candidamente, esconde-se a mão, reparando apenas no espocar das gaitadas no ambiente.

Já minha Tia Teresa caprichava na risada, e todas as suas descrições vinham encobertas com o glacê supremo de um riso frouxo e potente. Muito pouco importava o que nos era dito e relatado, o miolo não nos interessava, o brinde, sabíamos, estava na cobertura da história, na sua risada: supremo mel da vida.

Dias atrás, fiquei sabendo de sua passagem desta vida para o Além. Confesso que não me vi triste, pois sabia do seu longo sofrimento. Recolhida a um leito, e enferma há anos, Tia Teresa lutava galhardamente contra uma moléstia que lhe suprimira a força dos pulmões. Que ironia lhe reservara o destino! Uma mulher que se definia pela risada, sem forças para a sua marca maior!

Os filhos assistiram-na, incansavelmente: Luciene, Helena, Totonho, José Gerardo e Ceiça nada deixaram lhe faltar. Contudo, não tive coragem de visitá-la, confesso minha falta, porém explico o porquê: não suportaria vê-la presa a um balão de oxigênio. Bem sei que iria às lágrimas, e isso, com certeza, prejudicaria a sua recuperação.

Anos antes, quando da partida de tio Gerardo, o mundo a privara do abraço amigo do companheiro. Lembro-me do seu estado no velório do esposo: cabelo em desalinho, olhos turvos, lábios fechados. Num silêncio de dor. Passara, pouco tempo depois, mesmo assim, a manter a sua identidade: "Lá vem Teresa com as suas risadas!"; advertiam, surpresos, os mais casmurros. "Onde ela arranja tanto motivo para sorrir?"; indagavam os filhos de Sant'Anna.

Nos últimos meses, eu sempre pedia notícias de seu quadro à minha mãe, sua irmã Maria Djanira. "Do mesmo jeito, filho. Mas ela acompanha tudo, seus olhos continuam com aquele mesmo brilho vivo."; confidenciava-me mamãe.

Quase perguntava se voltara a emitir as suas risadas, no entanto calava-me, envergonhado. Para mim, o atestado definitivo da recuperação de Tia Teresa não seria emitido pelos médicos que a assistiam, dar-se-ia tão somente por ela própria. E qual seria?, você me indaga.

Simples, respondo. Sua cura seria anunciada pelas trombetas dos seus lábios, numa risada de derrubar as muralhas de Jericó.

Como a ciência não foi capaz de liberar o seu riso, Deus, na sua suprema sapiência, requisitou Tia Teresa para os seus campos. Ela deve ter entrado com a força de uma divina gaitada há anos contida dentro do peito. São Pedro deve ter caído na galhofa, e convocado Tio Gerardo; este, com certeza, numa roda de amigos, falando de bandas, vaquejadas e política. "Vem, Gerardo, tua mulher chegou!" E os dois, então, adentraram no Paraíso a rir desbragadamente.

Certas noites, eu tenho a impressão de ouvir o riso de felicidades dos dois entre as brumas dos meus sonhos. E desperto com um sorriso nos lábios.

"Como ela estava linda, meu filho!"; foram as palavras de minha mãe, descrevendo-a antes de ser sepultada. E, surpresa, concluiu: "Seu enterro se deu debaixo de uma grande chuva, filho! De muita chuva!..."

E eu, cá comigo: Tia Teresa e Tio Gerardo devem estar aprontando das suas lá no céu. Os santos e os anjos devem estar se mijando de tanto rir.

Coleção À Margem da História (ensaios e estudos):

1. PEREGRINAÇÕES AMAZÔNICAS
   Fábio Lucas

2. ESCRITORES BRASILEIROS DO SÉCULO XX
   Nelly Novaes Coelho

3. RAINHAS DA ANTIGUIDADE
   Dirce Lorimier Fernandes

Próximo lançamento:

AS MARGENS E O CENTRO
Olga Savary

Coleção Sentimento do Mundo (poesia):

1. TRATADO DOS ANJOS AFOGADOS
   Marcelo Ariel

2. O HOMEM DESERTO SOB O SOL
   Edivaldo de Jesus Teixeira

3. ANIMA ANIMALIS – VOZ DE BICHOS BRASILEIROS
   Olga Savary

Próximo lançamento:

REFÚGIOS DO TEMPO
Francisco Moura Campos

Esta obra foi impressa pela Gráfica EME, Av. Brig. Faria Lima, 1080, V. Fátima, Capivari, Estado de São Paulo, Brasil, para a Associação Cultural Letra*S*elvagem, em maio de 2014.